林家たい平
特選まくら集

みんなの笑顔に
会いたくて

竹書房

まえがき

林家たい平

おっさんのつぶやきを一冊の本にしていただけるなんてこんな嬉しいことはありません。

横浜にぎわい座での「天下たい平」独演会で、毎回二席演らせていただく落語の前の「マクラ」ですから、一期一会で何も残らないで喋っているそばから一瞬で消えてしまう類いの他愛もない話なんです。その日に、演る落語は決めていきますから、その前に何を喋るかをただ漠然と頭の中で組み立てるくらいで、ヨーイドンでスタートしてからはあっちに行ったり、こっちに行ったり、戻ってみたりと的を射ない話ばかり。

なんですが、こうしてまとめていただくと、その時代が見えてくるというか、そうそう、そんなことがあったなぁとか。特に今回は人類が初めて経験する、そして落語家が初めて体験する新型コロナとの戦いもありましたので、あの時何を考えていたかなぁなんて、自分で自分を振り返ることが出来ました。

普通に暮らしていると、その時の感情、思考というものは忘れていってしまうものですが、腹にもたまらない、なんの役にもたたない言葉をベラベラと紡いでいたお陰で、その時の自分、時代を鮮明に思い出すことが出来ました。

やっぱり［マクラ］は思ったことを話しとくべきだなぁとあらためて思った次第です。これからも無駄に長く喋るつもりですのでお付き合いくださいませ。

目次

編集部よりのおことわり

◆本書に登場する実在の人物名・団体名については、一部を編集部の責任において修正しております。予めご了承ください。

◆本書の中で使用される言葉の中には、今日の人権擁護の見地に照らして不当・不適切と思われる語句や表現が用いられている箇所がございますが、差別を助長する意図を以て使用された表現ではないこと、また、古典落語の演者である林家たい平の世界観及び伝統芸能のオリジナル性を活写する上で、これらの言葉の使用は認めざるをえなかったことを鑑みて、一部を編集部の責任において改めるにとどめております。

ボクの好きな手

2016年6月12日　横浜にぎわい座
『天下たい平』Vol．75より

今日は朝起きまして、亀の池の掃除をいたしました。こんな小さかった息子が小学生の頃に掬《すく》ってきたミドリガメが、もの凄く大きくなってしまって、ボクの顔の大きさぐらいのが2匹いるんですね。今、もうね、放したりすると違反ですから、外来種っていう、……そういう生物になってしまってておりますので、今、飼っている人は、ちゃんと最後まで飼い続けなければいけないという法律が出来ておりますので、亀の水を掃除してるんですけども、まぁ、なかなか大変でね。

1週間ぐらい水を換えないでいますと、もの凄い臭いがするんですね。今、自分でそれを感じながらやっているんですが、ちょっと前まではあずみちゃんがやっていたので、わたしのことをかなり恨んでいるなということが（笑）、よく分かるんです。大変ですよ。以前は、ゴム手袋をしてやっていたんですけども、やっぱりゴム手袋って、ゴム手袋なんですよね。

少しちょっと強く力をかけると穴が空いたりして、逆に、そこから水が入ってきたりすると、より以上にこの中にずっと溜まっているもんですから、臭いが移ったりなんかする。ですから、最近はもうトイレ掃除でも何でも、もう全部素手でやることにしていましてね。その亀の水槽の水掃除も全部素手でやって、最初もの凄い臭いなんで、いや、もう1時間ぐらいはとれない、カメの水の臭い。だけど、「人間の手っていうのは、本当に素晴らしく出来ているな」と思うのは、暫くすると消えるようになりますよ。これがなんかね、手袋か何かだったら、何度洗っても臭いがとれなかったりなんかするんでしょう？　お便所を手で掃除していても、何か綺麗になりますよ。

お皿だって、スポンジを使わなくても手で洗っていると綺麗になったりします。「手って凄いなぁ！」と思ってね。自分の手を見ていながらも、「この手が、いろんなモノを刻んできているんだなぁ」というような思いもありますしね。

ボク、職人さんの手を見るの凄く好きなんですね。実家《ウチ》の父の指は、もう毎日ずっと針仕事……、さっきの『堪忍袋』［＊1］の縫う所作が上手だったのは、ウチの父親がテーラーでございまして、子供の頃からずっと父親が針を動かすのを見

［＊1］『堪忍袋』……毎日喧嘩の絶えない夫婦。亭主は女房に巾着のような袋を作らせ、腹が立ったらその袋の中に文句を怒鳴り込むことにしようと2人で決めた。するとこれが功を奏し夫婦喧嘩がピタッとやんだのだ。やがて周りの住人もその袋を貸してくれと言い始め、果ては大変なことになる。

ておりましたし、自分も意外と好きで、今でも子供たちが、全部母親ではなくて、「お父さん、ボタンがとれたからお願いします」（爆笑）

今も『ライフ』に、『ママのリフォーム』というところがありまして、そこに持ってくのは、いつもボクなので、『ママのリフォーム』の人に笑われて、「あらぁ〜、お父様が偉いですねぇ」（爆笑）

なんて言いながら、

「あのぅ、裾を10センチ詰めていただけないでしょうか?」

とか、そんなことで、ウチの中で出来ることは、みんな子供がボクのところに持ってきて、それはそれでね、父親の特技を受け継いだみたいで気持ちが良いんです。

でも、父はその針仕事をずっとやっていますから、人差し指が、かなり外側《こっち》に曲がっちゃってるんですね。長いこと針を動かしていて、押していたからこそ、……まぁ、その手の父親を見ると凄くボクは愛おしいんですね。「こうやって、お家を作ってくれて、ボクたちを育ててくれた、その指なんだなぁ」

なんていうふうに思います。

知り合いの大工さんなんかも、もうごっつい手で、ちょっと爪のところにね、木のこう、なんていうんですか、樹液みたいなのが、脂《やに》みたいなのがもうとれないんでしょう。それは洗ってもとれなくなっている。それをまた見るのも凄く素敵で、ちょっと皮が厚くなっているところであるとかね、藍染の職人さんなんかも、藍だけは、ちょっとこれは落ちないんですね。

長年ずっと藍をやっていると、もう真っ青ですよ。でも、なんだか汚いっていうよりも、神々しいというかね、「神様に選ばれた手だな」というような感じがして、「職人さんの手というのは、実に見応えがある」なんていうふうに思う、今日この頃でございます。

ボクが落語家で好きだった手は、志ん朝師匠の手。こうねぇ、優しい手で、掌の手首の付け根あたりが凄く厚いんですね。フワフワしていて厚い手で、いつも早く喋るんですけども、手だけはいつもゆっくり動いてましてね、それが凄く色気を感じて、大好きな手でございました。

職人さんというのは、最近あまり街の中で見かけなくなりましたので、職人がいる風景というのは、実に良い心持ちでございました。

『青菜』へ続く

嘘のような本当の話

2018年10月10日　横浜にぎわい座
『天下たい平』Vol．89より

50を過ぎましてから、お酒を飲みますというと、本当に記憶が飛んでしまうことが多いんですね。家《ウチ》へ帰るまではちゃんとしてるんでございましょう。家へ帰って、脱いで、洋服をちゃんと畳んであったりとか、時計をちゃんと外して置いてあったりとか、メイクなんかもすることがありますんでね、メイクを自分でちゃんと落として寝ていたりとか、ちゃんとしているんですね。

ちゃんとしているんですけども、朝になって、……寝ると全く記憶がなくなってしまっているんですね。さて、どうやって帰ってきたものか……？　このあいだも、全く記憶がないんですね。あれぇ～、電車では帰ってない。結構飲んだかから、多分それこそ、あずみちゃんが、「タクシーで帰ってください」っていつも言うので、タクシーで帰ったような気もする。

じゃぁ、糸口、何か手がかりがあるだろうと思って、長財布を開きましたら、タクシーのレシートが出てまいりまして、3千2百80円。3千2百80円ですから、まぁ、幾ばくかのお釣りがあって然るべきなんですが（笑）、千円札が一枚も入ってないです。

お札はまず全く入ってないし、この真ん中のところの小銭入れのファスナー開いても、一円も入ってないです（笑）。あれぇ〜……、全く記憶がありませんから、もう手がかりはこの3千2百80円のレシートだけなんです。もう、タクシーにね、電話すればきっと運転手さんが教えてくれるんですけども、……怖くて。ことによったら一円も入ってないっていうことは、お金が足りなくて、運転手さんに、全財産を（笑）、「これで勘弁してください」って言って、降りたのかも知れない。もうずっと朝から嫌な気持ちっていうか、もう後悔、ずっと後悔して、夜仕事が終わって、またタクシーで帰ってくるんですけども、家の前で降りると、……タクシーの運転手さんで、変なストーカー［*1］がいましたでしょう（笑）。

まぁ、ボクなんかは、そういうのはないとは思うんですけれどもね。なんか、ウンコとか投げられたりするといけないので、家の前では降りないようにしてい

［＊1］変なストーカー……2018年3月、タクシー運転手が、乗車したタレント菊池桃子さん宅を知り、以来ストーカーとなり、ネット上での告白などを始め、菊池さん宅を訪ねるなどを繰り返し逮捕された。

ましてね、近くのセブンイレブンで、いつも降ろしてもらうんです。夜、仕事が終わってセブンイレブンで降りて、お水を買って帰るのが日課なんです。タクシーから降りたら、必ずお水を買って帰る。

その日もセブンイレブンの前で、「降ろしてください」って言って降りて、店に入っていったら、いつもいる店長が、

「たい平さん！　昨日は凄かった！」（爆笑）

「……うわぁ、……いや、もう、全く記憶がないんです」

「ええっ！　記憶がないの？　あんなことしたのに？」（笑）

うわぁ、いよいよだぁ、

「見てました？」

「見てましたよ。タクシー降りて……」

「……タクシー降りて？」

「ウチの店に入ってきて……」

「えっ？　ウチの店に入ってきて？」

「お水を買っていつもの通り」

「水を買った？」

「そして、水のお金を払ったあと、お財布にあるお金を豪雨災害の募金箱に全部入れていましたよ！（爆笑・拍手）この透明の、この見えている千円札は、全部たい平さんのですよ！」

言っていただいて、少し肩の荷が下りた気がいたしました（爆笑）。ね、良かったですよ。悪いお酒ではないのでね、変なことはないんですが。何か面白いですね、人間というのは。「不思議な行動をとるもんだな」そんなふうに思うんでございます。

話変わって、弟弟子《おとうとでし》の三平君、まぁ、若旦那ですからね。ボクが修業に大師匠《おおししょう》の三平［＊2］の家《ウチ》に入ったときには、高校生でございました。とても気が合って、彼はクラシックなんかが好きで、修業で何も聴くことがないボクに、「ヨーヨー・マが良いよ」なんて言って、クラシックのCDを貸してくれたり、彼の部屋に行って大きなスピーカーでCDを聴かせてもらったりなんかして……。ですから、凄く……、まぁ、本物の兄弟が居ますけれど、兄弟同様の付き合いなんですね。

まぁ、本物の兄弟、「やめてくだたいよぉー」なんていうね（爆笑）、林家正蔵師匠［＊3］がお兄さんですから、別に物真似はしなくていいんですけれども。

［＊2］大師匠……初代林家三平のこと。たい平は三平の弟子の林家こん平に入門したが、修業はこの初代三平宅に住み込みで前座仕事を含め働いた。

［＊3］林家正蔵。林家正蔵師匠……九代目林家正蔵。1978年父でもある初代林家三平に入門し林家こぶ平、テレビタレントとして活躍。1988年真打昇進、2005年祖父の七代目名跡である林家正蔵の九代目を襲名した。ちなみに八代目は彦六の正蔵。

「本当に頑張ってほしいな」なんていうふうに思うんですよね。

ボク大学生の頃、初代林家三平［＊4］の七回忌でした。ちょっとした落語会のお手伝いをしておりましたので、「手伝ってくれない？」と言われて、七回忌、銀座の歌舞伎座の前の東銀座駅の出口のところに、『林家三平』という半纏を着て……、なんか不思議な気持ち。テレビで見ていた林家三平、別に落語家になろうなんて思ってもいなかった学生のボクが林家三平の七回忌に半纏を着て、金田《かねた》中《なか》という料亭が、新橋演舞場の前にありますんでね、そこに案内をする道案内人で立っていたんですね。「はぁ、不思議なもんだな」と思いながら、あのとき、「落語家になろう」なんて、想像もしておりませんでした。

なんたって家は洋服の仕立屋でございますからね。別に、落語家の二代目でも何でもございません。ただ、三平君とは歳が近いもんですから、皆さんに間違えられるんですね。三平君の友達も、「おお！　泰助《たいすけ》！」、ボク、たい平っていうんで、三平君は本名が泰助っていうんです。だから、泰助の泰を取って、たい平なんだって思って、……何となく顔立ちも似ているので（笑）、でも、同級生は分かりそうでしょう？（笑）　あんまり友達じゃなかった同級生だったんでしょうね。「おおっ、泰助！」なんて言いながら、ボクのところに来て、「泰助くんは、

［＊4］初代林家三平……七代目林家正蔵の息子として生まれ、1946年父の下に入門、林家三平を名乗る。その前座名のまま有名になり昭和の爆笑王として寄席やテレビなどで大活躍した。1980年54歳にて逝去。

違いますよ」っていうふうに話をしたんですが……。まだそういう素人さんはイインですけども、文珍《ぶんちん》師匠［*5］に初めて紀伊國屋寄席の楽屋で会ったときに、ボクに凄い優しくしてくれたんですよ。

「何で二ツ目のボクに、テレビ出ている文珍師匠が、こんなに優しくしてくれるんだろう」

と思って……。凄いんですよ。もう下にも置かないような優しさで、途中どっかから、ビックリするようなすき焼き弁当を買ってきてくれて、

「お前にだけやで」（爆笑）

とか言いながら、「えーっ！　何でですの？」みたいに思っていたら、最後、

「いやぁ、お前のお父さんには、世話んなったんや」（爆笑）

って、

「ウチの親父に世話になりました？」

「もう凄い世話んなってなぁ」

「……ウチ、あのぅ洋服の仕立屋なんですけれど……」

「えっ⁉」

「ボクんち洋服の仕立屋で、ウチでスーツとか作ってもらったんですか？」

［＊5］文珍師匠……桂文珍。1969年三代目桂小文枝に入門。早くにテレビタレントとして有名になり、多くのレギュラー番組を持った。ただ、その頃から落語の活動は怠らず、2000年代以降は落語家としての活動を中心としている。

「えっ！　アンタ、三平師匠の息子やないの？　なんやぁー！」

って、言って、弁当代、ボク、払わされましたから（爆笑・拍手）。

まぁ、二代目若旦那でございますよね。落語に出てくる二代目若旦那っていうのは、あまり一所懸命働くようなのは出てまいりません。道楽の末に家を勘当になる。

『紙屑屋』へ続く

スポーツの秋の出来事

2019年10月9日　横浜にぎわい座
『天下たい平』Vol．95より

お運び様で、ありがたく御礼を申し上げます。前方《まえかた》［＊1］は、さく平、そして、あずみでございました。あずみちゃん、今、戻ってきて、「ゴメンね、ボク、言い忘れちゃった。今日はイレギュラーの会なので、いつものネタでイイんだよ」って、「言い忘れちゃった」って言ったら、「（笑顔で）やりきりました！」って、言っていました（笑）。

ビックリされたでしょうね（笑）、初めて来た方は。「なんなんだ。この会は？」（笑）。誠に申し訳ございません。普段は、日曜日のお昼間にやっておりまして、ネタおろしを、わたしも一席、二席、頑張って演ってるんでございますが、今日はイレギュラーで平日の夜でございますんで、「最近、自分で演っていて楽しいものを演ればいいよ。そういう会だよ」

［＊1］前方……落語界では通例真打の前に出演する前座や二ツ目の出番を指す場合が多い。

というのを言い忘れてしまっていたんですね（笑）。

でも、新しいことに挑戦することが、とても大切でございまして、また、観ているよりも本当に難しいですね、三味線は。皆さんもカラオケに行って、主旋律が流れているカラオケは楽ですけれども、「プロ」っていうね、「プロカラオケ」っていうふうにしますと、主旋律は全然音として入ってきませんからね。

結構、難しいんです。それと同じように、三味線というのは主旋律を弾いている訳ではございませんから、全く違う音を弾きながら歌わなければいけないというところで、観ているより、聴いているより、歌うってことがかなり大変なのは、わたしも分かっておりますんで、「……まぁ、あんなもんかな」というふうに（爆笑）。イイですよ。

……なかなか聴けないですよ（爆笑）。近所に子供がお稽古で来ていてね、凄い三味線が聞こえてくるような、そういう環境にいる方はね、イイですけども、普段、あんな三味線と歌は聴けないですよ（爆笑）。だから、そう考えるとね、あんまり腹は立たないですね（爆笑）。このあとのわたしの落語もそうなんです（笑）。

台風ですねぇ。今日も朝からテレビを見ておりましたけども、千葉の皆さんは本当に可哀そうですね。ブルーシートが、こないだも飛行機の上から、……ちょうどいつもね、九州のほうから帰ってくるときには、千葉の上空を通って滑走路に入ってきますから、「どうなのかな?」と思ったら、本当に飛行機の上からも、もうブルーシートが凄く多く張られていましてね。

「大変だな」と思うところにまた、台風19号でございましょ?

ボクね、土曜日、『笑点』で鹿児島収録なんですよ（笑）。それで、土曜日、鹿児島収録で、日曜日が、『東北・みやぎ復興マラソン』です。実は今日こうやって平日の夜にさせていただいたのは、今度の日曜日が、年に1度の東北・みやぎ復興マラソン。復興のために、自分が走ることで力になれればというので、今年で3年目なんですけれども、そこだけは走りたいというので、ちょっとご無理を言って、にぎわい座さんには、この日にしてもらったんです。走るつもりでいたんですけれども、まず鹿児島からは、あれ本当に1時間おきに天気予報図っていうんですか?　台風の進路の予報を見ているんですけれども、少しずつこうね、九州からそれてまいりましてね。こっち側にこう来たので、今も九州にかからなくなっているので、「あ、鹿児島は行けるな」というふうに。ですから、土曜日は鹿児島には行けるんですよ。

ただ鹿児島から、関空に飛んで、関空から仙台空港。そうすると夜の9時に仙台に到着して、次の日は朝8時ぐらいから走るんですけれども、関空のあたりにちょうど台風が。いや、多分、関空は通り過ぎているんですよね、台風が。関空には飛ぶことが出来るんですけれども、この羽田のあたりに台風がいるときに、仙台まで行かなければいけない。去年ね、本当に、「あぁ、走れる」と思って行ったらね、走れなかったんですよ。何かと言うと、あれね、マラソンを知ってる方は、「何でだろう?」と思うのは、グロスタイムと、ネットタイムってのがあるんですよね。バーンってスタートして、東京マラソンなんてあんなにたくさんいるんで、最初の人がスタートしてから、最後の人がスタートするまで1時間以上かかる訳でしょ?

それネットとグロスっていうので、締め切りがね、東京マラソンは7時間ぐらいあるんですよ。だから、結構、歩いていても最後まで歩き切れれば頑張れるんですけれども、東北・みやぎ復興マラソンは、去年ね、1週間ずれちゃったんで、日没が近づいてきちゃっているんで、6時間という、凄い縛りだった。

6時間でゴールしなければいけないんですけども、途中に関門というのがあって、その時間でそこを通らないと収容されちゃうんです(笑)。マラソン走ったことがない人は、知らないかも知れませんけれども、常に大型バスがギリギリのところの後ろで（笑）、「く、う、うっ」って走っていると、轢かれるぐらいの勢いで（爆笑）、後ろから大型バスがドンドン近づいてくる。それで、最後にプップってやると、まあね、そんな本当に、こういう大きな人の手は出てきませんけども（爆笑）、何かそういう大きな人みたいな手がギュッと出てきて、収容されていくんです、ドンドン（笑）。もうね、大型バスん中に乗った人に訊いたら、凄いみたいです。もう。人生が終わったみたいな人たちが（爆笑）、皆、大型バスに収容されていく訳ですよ。それに何とか収容されないように、必死で走る訳ですよね。

それで、「10キロの関門は何時間以内で入ってください」とか、「20キロの関門は何分で足切りされてバスに乗せられちゃうので頑張ってください」ってそういう言葉があるので、もうそれで必死で走るんですよ。中には、風船を付けたふざけた奴がいるんですよ。

それはどういうことかというと、「私と一緒に走っていると6時間以内に走れますよ」とか、「私と一緒に走っていると5時間以内で走れますよ」っていうね、あの風船を付けたふざけた奴が途中何人かいる訳です（笑）。自分の好きな風船の色を見つけて、5時間ぐらいで走れるなとか、6時間で頑張って走ろうと思うと、その6時間の風船の人たちと一緒に走っていれば関門を抜けられるんです。

で、ボクは去年は全然練習しないで行ったので、もう関門が常にギリギリだったんですよ。「あと1分！」って皆に周りに言われて、「1分で関門閉まっちゃうよ！　収容されるよ！」って言われて、必死で走って、もう常に残り1分とか2分で関門を越えてたんです。

そして、最後の40キロの関門を越えたんですよ。「やった！」と思って、「これ最後の関門だ」って言われて、「わぁ！　最後の関門を通過した」と思って、もう足動かなかったので、「ハァー、ハァー……」ってやって、途中立ち止まって、もうあとは歩いてでも、最後の関門を通過しましたから、歩いていこうと思って、止まったり、歩いたりしていたら、……友達が、……もうかなり前にゴールした友達が、係員の「逆走しないでください！」っていう制止を振り切って、もうゴールした友達がボクに向かって走ってきたんですよ。

「オーイ！　ゴールゲートが閉められるぞ！」（爆笑）

えっ、そんな最後の関門があるのか？（爆笑）　もうだって最終関門を通過しているんですよ。最終関門通過したら、もうね、待っていてあげましょうよ、30分かかったって（笑）。日没になったら、30分関係ないし。それがね、陸連のおっさんたちが面白そうにね、6時間ぴったりで、ゴール閉めるっていうんですよ。

で、そいつが、友達が、

「オーイ！　閉まるよ！　もう、あと少しだからぁ！　あと500メートル頑張れよ！」

って、言ったから、もう500メートルを必死で頑張ろうと思って走っていたら、見ていたオジさんが、

「あと500メートル！　20秒で走り切れれば大丈夫！」（爆笑・拍手）

もうね、力無かったですけども、オジさんのところに行ってね。

「500メートル、20秒で走れたら、オリンピック出られるから……」（爆笑）

そのぐらいの力が最後に残っていたんですけども、500メートル20秒は無理でしょう。ボクの目の前で、ガシャンって、「はい、ダメです」なんて言われてね、もう悔しいったらありゃしない。でね、目の前で閉められたんだけど、もうね、疲れ果ててくたびれ果てすぎていて（笑）、怒りとかも、もうないです。

「……ああ、もうダメなのか」

って、思って（笑）。結構、ボクは本当だったら言おうと思ったんですよ。「えっー！　何これ？　東北・みやぎ復興マラソン、復興っていう名前が付いているから、皆、応援して、一番優しいマラソンであって然るべきなんじゃないの？」って、そのぐらいのことは言おうと思ったんだけど、くたびれ果てているんで（笑）、「ああ、終わったのか……」と思った（笑）。大変だった。だから今年は本当に練習したんですよ。

もう地方の仕事に行っても、10キロ走ったりとか、7キロ走ったりして、……で、もう地方の市民会館とか、シャワー室が付いているんですけども、多分15年ぐらい使わなかったような（笑）、シャワー室が凄い多いんです。シャワーなんか浴びる人は居ないですから、ほとんどね。歌舞伎なんかが来ると白塗りにするから、シャワー室とか使うけど、「ここでは歌舞伎は演らないだろうな」みたいな、怪談噺がそのまま出来そうな市民会館でも、一応シャワー室があるんですよ（笑）。

もう、シャワー室が怖いんですよ。シャワー室に入って着替えるのが怖いです。楽屋ですから、ボクと何人かしか居ませんから、シャワー室の前で全裸になって、シャワー室の中で着替えるのは怖いですから、全裸になってシャワー室で、シャワー。ザァーッて、……もう、電気がどこにあるかも分からないんで、とにかく蛇口だけひねって、ザァーッて水を浴びて、明るい廊下に出たら、……血だらけなんですよ（笑）。

なんでオレ、血だらけなんだ？　と、思ったら、もう何年も水が出てないから（笑）、錆びた水がズワァーッ、血だらけなんです（笑）。「なんじゃ、こりゃぁ？」っていう（爆笑）。そんなことまでして、頑張って走ったんですよ。それが台風ですからね。ちょうどね、日曜日の3時ぐらいに、太平洋に抜けるぐらいの勢いなんです。

だけど、やっぱりね、ボランティアの皆さんが前の日から準備して、だから、どうなんだろう……、10日にその発表があるんですけれどもね。大変ですよ、あれ、エイドステーションなんか、紙コップでしょう？　紙コップ、あれ1万2千人が走るから、1万2千個の紙コップを並べるんでしょう？　大変だと思いますよ。

1万2千個の紙コップを並べると、凄い風が吹いてきて（笑）、ドゥワァーッて、で、また1万2千個を皆で並べると、ザーッて、……もう、エンドレスでしょう？「今度は、水を入れてから並べよう」なんて言っていると、……だからね、多分……、「難しいのかな」と思うんですけどもね。

だけどボクね、実は『天気の子』なんですよ(笑)。……『天気の子』をご覧になりました？　ボク、「絶対、晴れてぇ」って言うとね。本当に晴れるんです。こないだ落語協会の『謝楽祭《しゃらくさい》』[＊2]というファン感謝デーがあって、あの日も台風15号の真っ最中というか、「もう、無理だ」って思われたのが、もう『謝楽祭』の準備の半日と当日のその日だけが晴れたんです。

奇跡なんですよ。もう全員が「無理だ」と思っていたのが、……一瞬だけ、ぺーさん[＊3]が『のど自慢大会』で歌をうたいはじめたら(笑)、ザーッ！　と凄い雨(爆笑)。それを司会のボクが皆に「アトラクションでぇーす」って言って(笑)、ぺーさんだけずぶ濡れになって、そのあとまたスカーンと晴れて、最後まで出来たんです。

まぁ晴れ男なので、多分早くにこっち側に雨雲が抜けていきます。ことによっては、「土曜日のうちに、こっち側にすっと抜けて出来るんじゃないかな」と思うんです。あずみちゃんに、

「オレは、晴れ男だから、どんなゴルフのロケだろうが、『ぶらり途中下車の旅』のロケだろうが、雨が降っていても、オレが駅に降り立った途端に晴れるか

［＊2］謝楽祭……落語協会が主催するファンのための感謝祭のこと。毎年湯島天神の境内にて9月の初旬に開催する。

［＊3］ぺーさん……林家ぺー。1964年初代林家三平に入門し林家ぺー平。のちに〝平〟をとり、林家ぺー。一時期たい平の弟子として林家たいぺー名で落語をやったこともある。

ら。オレは晴れ男なんだよ」

って、言ったら、

「師匠、4年前、『24時間テレビチャリティーマラソン』のときずっと雨でしたよね?」(爆笑・拍手)

「なんで今、そういうこと言うの?」(笑)

大変ですよね……。何とかまぁ、『笑点』収録も出来て、『笑点』の鹿児島から仙台に飛んで、何とか本当に一所懸命頑張って、また東北の皆さんにね、「少しでも笑顔、元気を届けたいな」と思っております。旅から旅ですよ。

今、凄いですね。旅から旅、日本人の旅なんて遥かに超越した旅の意識というのを持っているのが、やっぱ外国の方ですね。今、特にそうでしょう。ラグビーワールドカップで世界中から集まってきて、あの人たちは旅慣れているんでしょう。

で、ラグビーが好きな人は、もう4年に1度に1ヶ月か2ヶ月きっとバカンスじゃなくて、この4年に1度に2ヶ月間、「僕、仕事を休みます」って言って、それぐらいの勢いでラグビー応援しに来ているんで、スケールが違いますよね。

オリンピックに来る人たちと、多分違うと思いますよ。オリンピックの人たちは、多分、2会場とか3会場ぐらい観て帰る。だけど、ラグビーが本当に好きな人は、2ヶ月分ぐらいの、見たこともないような大きさのガラガラのスーツケースを持って（笑）。で、また、ラグビーが好きだから、皆見たこともないような身体の人たちが（笑）、……凄いですよね。あんなに大きな人たちが居るんだと思うぐらいの人たちが、もう今、日本に集結している訳ですよね。

こないだね、どこに行く途中だったかな？　……静岡に行く途中で、静岡でやっぱりラグビーの試合があったみたいで、ドンドン次から次へと乗ってきたんですよ。初めて、新幹線が微妙に傾いてるぞ（爆笑・拍手）。ボクだけかと思ったんで、隣のマネージャーに、

「傾いているよな？」

って、訊いたら、

「確実に傾いています」（笑）

でっかい人たちが、右側にツアーでチケットをとっちゃった人が、皆、右なので微妙に傾いている（笑）。浜松あたりのカーブのとき、全員が左側（爆笑）。

もっと凄かったのは、このあいだの土曜日、『笑点』の収録があって、水道橋［＊4］2時半に終わりました。着替えて、東府中の『府中の森芸術劇場』でボク

［＊4］水道橋……テレビ番組『笑点』の収録はJR水道橋駅下車してすぐ近くの後楽園ホールにて行われている。

は3時半あがり［*5］。水道橋から新宿に出て、新宿から京王線に乗って、東府中まで、どんなに検索しても、1時間50分かかります。

だけど、3時半に行かないと間に合わない。もう必死でした。『笑点』終わって、パァーッと着替えて、……着替えるっていうよりも脱ぎ捨てて、Tシャツ着ながら水道橋に駆けていって、総武線に乗って、新宿の京王線を目指してブワーッて走って、乗ろうとしたら、その日、調布の『東京スタジアム』でイングランド対アルゼンチン戦だったんですよ。

もうこの特急に乗らないと、……この特急に乗っても、10分間に合わないです。（出番を）延ばしてくれているんですけども、10分も間に合わない。でも、これに乗らなかったら、もう本当に完全に間に合わないです。だけど、でっかい男とでっかいスーツケースで、京王線が満タンなんですよ（爆笑）。

で、あの人たち、あんまりギューギューは嫌なんでしょう？　そういう文化もないし、ねぇ、満員電車とかないから。結構、隙間があるんだけど、日本人はその隙間に怖くて入っていけないんすよ（笑）。で、発車前からもの凄くビール飲んで酒臭いし、皆が楽しそうにでかい声で喋っているんで、もうとにかくね、皆、「次の電車にしよう」と思って、日本人は乗らない。だけど、オレはこれに

［＊5］3時半あがり……寄席やイベントなどで落語家が出演する時刻のこと。この場合3時半に舞台袖から登場する。

乗らないと間に合わないから、「どうしよう？」と思ってね。着物のバッグを持って（ラクビーボールを持つ所作）、「もう、入るしかない」と思って、入ったんですよ。

入ったら、笑いながら、このイングランドの人たちがボクを押し出しているんです、笑って（爆笑・拍手）。で、

「ノー！　ラクビー！　ノー！　ラクビー！」

って、言ってんだけど、

「（押し出しながら）ワッハッハッハッハ」（爆笑）

「ノー！　ラクビー！」

（着物のバッグを抱えながら）もう、「何とか乗らないといけない」と思って、必死で乗り込もうとしていたら、……凄い！　アルゼンチンの乗らなかった人たちが、オレを押してくれました、今度（爆笑・拍手）。

「モール［＊6］！　モール！」

って、言って、他の人に、

「モール！　モール！」

「何だ？　モール？」

［＊6］モール……ラグビーにてチームの中の複数のメンバーが立った状態でボールを保持し、相手チームを押し込んでいく状態のこと。

って、思ったら、オレのことをドンドンとアルゼンチンの人が押して（笑）、中に入れてくれたんすよ。

凄いラグビーを体感しました（爆笑）。「イイもんだな」と思いました。あの人たちは旅慣れていますね。

江戸時代、東海道は小田原の宿場、一番賑わっておりましたのは夕間暮れでございまして、道の両側の宿屋のほうから客引きというのが出て参りました。

「さぁ、お泊まりはございませんでしょうか？　お泊まりいただきたいんでございます」

『抜け雀』へ続く

父と子の物語

２０１９年12月８日　横浜にぎわい座
『天下たい平』Ｖｏｌ．96より

最初に出てきて、下手クソな落語を演った［*1］のは、わたくしの倅でして、あまり普段言わないようにしているんでございます。といいますのも、言えばプレッシャーになるし、言ったほうがお客様には喜んでいただいて、応援していただけるのかなとは思うんですが、もう少しほったらかしにしておこうと……。何が親心なのかは分かりませんけれども……。

大学４年の春でした。普通は、大学３年ぐらいから就職活動をするもんですけれども、先ほどの木偶の坊は一切就職活動しないまま、「何をしていいんのかな？」と思っていました。ただ、大学に入ってからですね。時間があると、よくミルフィーユを作っていました（笑）。

１枚ずつ生地を作って、そしてそこに生クリームを塗って、ミルフィーユを作

［＊１］下手クソな落語を演った……林家さく平のこと。２０１９年３月に入門。

って、

「お父さん、食べてみて」

なんて言うので、「あっ、これはイイな」と思ってね。

「だったら、フランスでもイタリアでも行って修業しなさい」

って、言っていたんですが、ミルフィーユは、途中でやめました（笑）。アフリカ探検旅行に行っていました。

「ああ、イイな」と思いました。「探検家にでもなったら、ちょっと面白いな」と思っていたんですが、探検はすぐにやめました（笑）。何もしておりませんでした。「就職活動、大丈夫なのかな？」と思って、心配しておりましたところ、大学を今年の春に卒業いたしまして、

「で、どうすんの？」

って、言ったら、

「はい、考えがあります」

「何？」

「はい。落語家になりたいです」

何となくはね、時々息子の部屋を、ボクが掃除していましたので（笑）、……

いや、ボク、普通、おかしいですか？　ボク、掃除していましたよ。で、掃除していると喬太郎［＊2］のCDとかが出てくるんですよね（爆笑）。なので、ボクのCDは無いんですけれども、彼の部屋には、喬太郎のCDは何枚かあって、「ちょっと落語に興味があるんだな？」とは思っていたんですが、まさかこっちの世界に入ってくるとは思わなかった。そうしたら、

「お父さん、弟子になりたいんです」

って、いうことになって。「いやいや、これはどうしたらいいものか？」と思いましたね。ボクは別に親の跡を継いだ訳ではないので、……親の跡を継いでる人をいっぱい見ておりますんでね（爆笑）。

（指折り数える）失敗例から始まり、失敗例（笑）、失敗例（爆笑）、失敗例、……まぁ、何人かだけ成功例というのを見ておりますけれども、大概はなかなか難しい世界だなと思いますよ。歌舞伎みたいにね、自分の家の地位というものがありませんから。歌舞伎はね、良いお家に生まれれば、もう御曹司でございましてね。若旦那、若旦那なんていうふうに持ち上げられて、別にそのままエスカレーター方式で一番の主役にたどり着く。自分の家の芸というのがありますからね。そのカタチを学べば、ある程度まではいけるんですけども、落語という世界は、

［＊2］喬太郎……柳家喬太郎。1989年柳家さん喬に入門し柳家さん坊。2000年に二ツ目時代の高座名喬太郎のまま真打。独自の世界観を持つ創作落語を数多く作り、また古典落語でもその技量は高い評価を得ている。

そういうもの、ありませんからね。

人間国宝五代目柳家小さん師匠は、長野出身ですよ。江戸前と言われたあの小さん師匠が長野の出身で、別にお父さんが噺家だった訳ではありません。剣術をずっと志していて、剣士になろうと思っていたんですが、のべつ鼻血が出るんですね。のべつ鼻血が出るので、剣士にはちょっと向いてないということで、もう一つ大好きだった落語家になろうということで、長野から出てきて、落語家になって、江戸前の一番の名人と言われる小さん師匠になったんですよね。ですから、お父さんを見て育った訳ではなくて、そういうふうに全く違うところから入ってきていますね。

昇太兄《あに》さん［*3］もお父さんは、……なんだっけかな？　軽金属、……静岡にある軽金属の研究所の研究員だったんですね。それを研究していたお父さんから、あんなふうになってしまうんですよ（爆笑）。なかなか難しいですね。ただね、ボクね、二代目圓菊《えんぎく》師匠［*4］ってねぇ、静岡出身の大好きだった師匠がいて、お亡くなりになったときに、圓菊師匠の息子さんは、菊生《きくしょう》さん［*5］と申しまして、真打になっております。ボクが修業に入って、立て前座［*6］といって、前座の一番上にいったときに、その次の次ぐらいに2年後ぐらいに入ってき

［＊3］昇太兄さん……春風亭昇太。１９８２年春風亭柳昇に入門し昇八。１９９２年二ツ目時代の高座名昇太のまま真打。現在、落語芸術協会会長。『笑点』大喜利では司会役を務め、さらにはオリジナルの創作落語で人気を得ている。前述の喬太郎らと創作話芸集団〝ＳＷＡ〟を起ち上げ活動中。

［＊4］圓菊師匠……二代目古今亭圓菊のこと。１９５３年五代目古今亭志ん生に入門、１９６６年真打昇進、二代目圓菊を襲名。その独特な仕草と口調で人気を博した。２０１２年逝去。

て、「たい平兄さん、たい平兄さん」って慕ってくれているんですね。

　圓菊師匠にも凄く優しくしていただいたので、圓菊師匠のお通夜に行ったその日でした。お通夜の席で、圓菊師匠を偲びながらお酒を飲んでいたら、その息子の菊生くんが来て、

「たい平兄さん……」

「……本当に、今回なぁ、寂しいな」

「はい。だけど、俺ねぇ、落語家になってなかったら、あんなに父親と話せなかったですね。同じ仕事に就いたから、俺あんなに父親と話せたんですよ。違う仕事に就いていたら、……もう社会人になった時点で、父親とは話してなかったかも知れない。だから俺、最高の人生でした」

　なんて言う言葉を聞いて、「なるほどな」と思いました。去年は、ベスト・ファーザー賞というのを、わたくし、頂戴して……。面白いっすね。ベストマザー賞は、さほど話題にならないでしょう？　……マザーのほうがベストいっぱい居ますよ。だけど、ベスト・ファーザー賞というのを決めないと、男として恰好がつかないんですね。

　何にもしてないですから（笑）。戦《いくさ》があったときには、戦に明け暮れて、家庭

［＊5］菊生さん……三代目古今亭圓菊のこと。1989年父である二代目古今亭圓菊に入門、2002年菊生で真打、2021年三代目圓菊を襲名。

［＊6］立て前座……東京の落語界では身分制度があり、入門して見習い、前座、二ツ目、真打と上がっていく。前座の中でもキャリアが一番上になると寄席の楽屋などで責任を持つ立場となり〝立て前座〟と呼ばれる。

も顧みずに、「これが男の仕事だ！」なんてね。大した仕事がないから、戦するんですよ。

秩父夜祭に行って気がつきました。３日が終わって、４日の朝、豪華な山車《だし》を解体するんですよね。

朝10時から、町内の……、まぁ、全員男です。男が40、50人集まって、釘一本使ってない山車を少しずつ解体していきます。バラしていきます。設計図も何もないんです。ですから、バラすときも、大工さんとかが、「多分、こっちを外したら、あっちが外れる」とかって言って、昔から言われた通りに……。で、バラした彫刻とかを、全部並べていって……。それをずっと見ていたら、「これ壮大なプラモデルだな」と思いました。

子供の頃、男の子がやっていたプラモデル。あれね、壮大な、……1年かけて作り上げるプラモデルなんですね。そういうことに男っていうのは、何か情熱を注ぐみたいなふりをしてないと、ダメなんですよ。なんか、男としてね、……まっ、中には居ますよ。家族で、凄く仲良く、娘さんとも仲が良いお父さんなんて居ますけれども、……どうなんすかね？　ボクは、もう、ほとんど外に仕事に行っておりますから、家族と話す機会もあんまりありません。

ただ唯一、子供たちが学校に行っている頃には、子供と一緒に朝ご飯だけは、どんなに遅く帰っても、朝ご飯は食べて一言ふたこと話をして、送れるときには、学校まで送って、というようなことはしていましたけども、子供たちからどう思われているのかよく分かりません。

ですから、ベスト・ファーザー賞というものをもらったときに、ちょっと後ろめたい感じがしました。直接的にカミさんには言われました。

「何であんたがベストファーザー？」（爆笑）

「まぁ、確かにそうだな」という気持ちはありました。お母さんはね、もう、産んでくださって、育ててくれて、面倒見てくれて、愚痴を聞いてくれて、悩みに乗ってくれて、……ずっとベストマザーだと思うんですが、「男はどうかな？」と思ったときに、……ボク、今ね、日記帳というか、手帳を書いているんです。『子供たちと嬉しかったことがあったとき手帳』というのを書いているんです。例えば、中学のときに、高校のときに、娘を車で送っていたんですけども、そのときにはいつも後部座席に乗って、一言も喋らないで寝たり勉強したりしてました。

それが大学生になって、ある時、車で送っていくときに、自然と助手席に乗っ

てきてくれたんです。凄い嬉しかったんで、

「（日記をつける所作）初めて娘が何も言わずに、助手席に乗ってきてくれた。こ

んなに嬉しかったことなかった」

USJ「*7」でしたっけ？ UFJ？ UFJは銀行か？（笑）にも、

「大阪で仕事があるから、ついてくるか？」

と言って、仕事を終えてUSJに行って、ジェットコースター……、ボク、怖

くて乗れないんですけども、娘が、「じゃあ、1人で行くわ」って言うから、

「（目をつぶって）だったら、行くべきかな……」と思って（笑）、凄い恐怖のジェ

ットコースターに乗りました。

「楽しかったね?!　お父さん！」

って、言ってもらえた（笑）。USJのそのときの半券を糊で貼ったりして、

そういう本当に嬉しかったことが短い言葉で書いてあります。死んだときに、オ

レが。死んだときに、偶然お父さんの部屋から見つかって（笑）、子供たちが、

「何だ？　何、えっ……、（涙ぐんで）お父さん（笑）、こんなことで喜んでくれ

て、お父さん！　イイお父さんだったね」（爆笑）

って、言ってほしいがために（爆笑）、書いているんですが、ただ、どこにそ

［*7］USJ……ユニバ
ーサル・スタジオ・ジャパン
のこと。大阪にあるテーマ
パーク。ハリー・ポッターの
疑似体験アトラクションな
どが人気となっている。

のノートがあるか分からないので、多分、ボクが死んだときにカミさんが、「お父さんの思い出、みんな捨てちゃおう」（爆笑）って、言って、大きなトラックが来て、そのままザァッと持っていかれるのかも知れません。

今、一縷の望みは、袖で息子が聞いていることでございます（爆笑・拍手）。「何となく、どんなノートなのか、どこに置いてあるか教えておこうかな」そんなふうに思ってるんですね（爆笑）。

男は弱い、弱いというかダメなんですよ、基本的に。女の人は、子供を本当に産み育てて、さっき言ったみたいに、男の真価というか、「ああ、お父さん！」って、思うのは、……まぁ、死んでからでイイかなっていうふうに、どっかで思ってるんですよね。


「（ミシンで縫う所作）ガタガタガタガタガタガタガタガタガタガタガタ、……おお、明《あきら》、お帰り。ガタガタガタガタガタガタガタガタガタ、（糸を切る所作）プチプチ。……さあ、昼飯にするか？」

田鹿喜作、昭和7年10月6日生まれ。父、軍平、母、ともの間に、男4人兄弟の次男として生まれました。子供の頃のことを、今にして思えば、「ちゃんと訊いておけばよかったな」と思いますが、そんなふうな関係でもありませんでした。

尋常小学校を卒業して、少しの勉強を終えて、同じ町内にある。相沢洋服店に奉公に入りました。特に洋服屋になりたかった訳ではないでしょう。「あそこで、奉公人を探しているよ」というのが、父軍平の耳に入り、「ああ、あそこだったら知ってる人だから、倅のことを良くしてくれるだろう」と思って。相沢洋服店に、テーラー、注文紳士服の見習いとして奉公に入ることになります。

新作落語『喜びを作る男』へ続く

最後に両親が教えてくれたこと

２０１９年12月8日　横浜にぎわい座
『天下たい平』Ｖｏｌ．96より

もう一席のご辛抱でございます。にぎわい座のお客様についつい甘えてしまいました。他のところでは出来ないと思いながら、わたしの、もう、父親以上に見続けてくださる皆さんの前で、今年、父親の話が出来ればなぁなんていうふうに、突然、今朝、思い立った訳で、それを聴いていただいて、とりとめのない話でございましたが、とても感謝をいたしております。

特に病気もしないで、酒飲んじゃ転んでいたんでね（笑）、

「もう、お父さん、酒やめなよ」

って、言っているのに、酒飲んじゃぁ転んでるんですよ、家の中で。段々歩けなくなってきちゃって、結局は車椅子で、もう母親も老老介護ですから、「これは、もう母親も死んじゃうな」と思ったので、で、まぁ、そういうところにお願

いすることになりました。

　何回か、替わったんですよね、施設を。その度に兄貴が迎えに行くんですけど、秩父弁で、

「今度は、ウチへ帰《けえ》れるんだんべぇ?」(笑)

「あ、ああ、……そうだよ」

　って、言って、また違う施設に……(笑)。ウチの兄貴に、「騙されたぁっ!」って言って(笑)、凄いでかい声で。その日一日は、ずっとウチの父親の部屋から、

「騙されたぁ!」(爆笑)

　それが3回ぐらいあって……。いや、ボク、明っていうので、

「明、つれぇでぇー。お兄ちゃん」

　って、言いながらね(笑)。お兄ちゃんが、今、一所懸命やってくれてるので、ありがたいですけどもね。母親は、もうボケちゃってるんで、お兄ちゃんが毎日行っても分からないんですよ。

　ボクが行っても、時々、「あっ」って分かる瞬間があるんですけど、そのあとは分からないみたい。一緒に、姉が運転する車に母親が乗って、ボクは後ろに乗

って、その前の車が兄貴が運転している車で、母親がボクたちに向かって、

「前の車の人ね。他人様なのに、毎日来てくださって、すごくありがたいよ」

（爆笑）

それを兄貴に言うと、もの凄くがっかりして。

「あんなに頑張ってやってんのに！」

って、言いながら。母親は、ですからもう父親が死んだことも、まだ多分、分かっていないですね。

最後、また違う施設に移るときに、お父さんは、やっぱりもう騙されているんだろうと気付いていて、

「騙してるだんべ？」（笑）

「そんなことないよ、父さん。絶対騙してない！」（笑）

「騙してるんだったら、焼き鳥、食わせろ！」

って、もう歯が無いのに（爆笑）、「焼き鳥食わせろ」って言っていた。

ずっとね、子供の頃から父親の十八番はね、変な歌でした。酔っ払うと必ず、お客さんが居ても、誰が居ても歌うのが、一節太郎《ひとふし》［＊1］ですよ。『浪曲子守唄』を歌います（爆笑・拍手）。これボク、小学校のときにフルコーラス歌えた

［＊1］一節太郎……1963年『浪曲子守唄』でデビュー。この曲が大ヒットとなり人気を博した。

んですよ（爆笑）。だけど全く発表の場がなかったですね（笑）。

まぁ、施設に両親が世話になったおかげで、ちょっとは罪悪感というんですかね、兄弟3人もいるのに、そういうところにお世話になっていいのかなとは思いましたけれどもね。だけど、自分の親でもない人にね、口の中に指を入れて歯磨きしてくださったり、下《しも》のお世話もしてくださったり。こんなことは、本当に、あの、出来ないことをやってもらっている。ありがとうございます。行く度に、施設の働いている皆さんに、本当にありがとうございますと。

両親が教えてくれた最後の大切なことっていうのは、心の底から「ありがとう」を言える人、そして、一回でも多く、生きている限り、心の底からの「ありがとう」を人に伝えられる。たくさん言える人が幸せなんだと。そういうことを、最後の最後まで教えてくれたような気がします。

最期は、……兄弟は誰も看取ることが出来ませんでしたけども、父は施設の方に、死ぬその日に、

「……あっ、……今日、越えられないかも知れません。今まで、本当にありがとうございました」

と、自分で言って、最期はあまり苦しむこともなく、

「早苗、哲哉、明。早苗、哲哉、明」

子供の名前をずっと言い続けながら、天国に行ったそうです。……妻の名前は、出なかったそうで（笑）。ウチの家族だけなんでしょうか？

「分かったよ。分かったよ。今日、一晩飲ましてくれ。今日、一晩好きなだけ飲ましてくれたら、明日から商いに出るよ」

「本当だね？」

「嘘はつかねえよ」

「分かった」

方々から金の算段をして、酒屋に行って酒を買ってまいります。

『芝浜』へ続く

食べさせたい師匠と、もう食べられない弟子

２０２１年８月８日　横浜にぎわい座
『天下たい平』Ｖｏｌ．104より

　お忙しい中、またお足元が悪い中、ご来場賜りまして、ありがたく御礼を申し上げます。今日で、オリンピック〔＊1〕は閉会式となりますね。朝からずっとマラソンを見ておりました。見ているというか、途中ずっとＮＨＫのラジオで聴いていたんですけれども、ラジオでは全く分からない。……なので、起きてテレビを見たんですけれどもね。

　頑張りましたね。もう少し、でも入賞6位。多分、今の日本人の中で、あのスピードはやっぱり限界なんじゃないですかね？　ちょっと前だったら、メダルは獲れたかも知れませんけれども、世界のレベルがちょっと上がりすぎてしまってね。「よく頑張ったな」と思いながら、日本人で2番手の人が六十何位とかね、そのぐらいでございました。

〔＊1〕オリンピック……本来は２０２０年に行われる筈だった東京オリンピックが1年遅れでの開催となった。

最後の最後の日本人は、足を引きずりながら、それでもやっぱり日の丸を背負っているということなんでしょうね、完走しました。「大したもんだな」と思いながら、その数日前の競歩っていうのは、もっと凄かったですね。

あのう……、あんな競技、ボクは20キロが競歩だと思っていたら、50キロの……、今年でこれ最後になるみたいですよね。世界陸上でも、その種目はなくなるみたい。50キロなんか、あれ最初から最後までずっと見てる人居るのかな？（笑）で、なんか、あの、凄いんですよ。本当にもう、だってほとんどの人が、ゴールしてから車椅子に乗せられて、救護室に運ばれたりしているぐらい過酷なんでしょう？　なのに、

「頑張って、歩きました」

って、言っているんですよ（笑）。陸上競技で歩いたら、普通あんまり褒められないじゃないですか？（笑）それを、

「頑張れ！　歩けぇ！」

とか言って、

「最後まで歩きました」（笑）

って、言っているのが、今ひとつ感情が伝わってこない。でも、過酷ですよね

ぇ？　両足が離れちゃいけないでしょう？　地面からね。どっちかの足が着いてるところで、途中途中でイエローカードを持ってるオジさんみたいな人がいて、イエローカードを出されたりなんかしてね。大変な競技が本当いろいろとありますね。

水球なんか、テレビ放送あったんですかね？（笑）可哀そうです、あんなに一所懸命やって。まぁ、水球が盛んな国では、まぁ、野球の中継なんか逆に無いでしょうね。水球のほうが盛んだったりするので、水球の中継はあったのかも知れませんが。

凄いですね。今、いろんな競技が出てきて、……ボルダリングなんて面白かったですね。あのボルダリングの配置を考える人は、どうやって考えるんですか？（笑）

誰も登れないんですよ。じゃぁ、「ダメでしょ？」ってことで（笑）。どうやって……、「多分、大丈夫だろう」とか、みんな全部、多分とか、「イケんじゃねぇの」みたいな人たちが、考えているんでしょう？　最後なんか、アンモナイトみたいな形のところにね、登っていく。結局、皆、登れないんですよね。

ああいうときに、あれを作った人は怒られないんですかね（笑）。どうやってこれ、どこまでが登れるっていうのを試す人が居ない中で、あれ作ってんじゃないかなぁ？　だって、一番スペシャリストがオリンピックに出てる選手なんですよ。その人たちが登れないモノを作っちゃっているんですよ。結構、怒られているんでしょうね？　終わってからね（爆笑）。

あれ、どうするんですか？　スケートボードの会場（笑）。あれ、もの凄い、今度台風になったら、水溜まりますよ（笑）。もうそればっかりが心配でね（笑）。排水溝みたいなのが無いんでね、もうずっとそればっかり探して、「水が溜まったら大変だな」と思いながら（笑）。でも、ああいうところから、今度は若い人たちが毎日のように練習して、またさらに凄い人が出てくるんでしょうね。

いや、本当になんか、感動の中で、スケートボードはちょっと爽快感がありましたね。涙なんていうものが、一切あの中に無くて、なんか爽快でしたよね。解説の人も、全く解説してなかったですよね（笑）。

「ヤベえっ！　あっぶねぇ」（爆笑）

とかね。あれ、「オレも出来るなぁ」と思って、

「ゴン攻めしてますねぇ？」

って、言って、ＮＨＫのスーツ着た真面目な人が、

「ゴン攻めというのは、どういう意味なんでしょうか？」（笑）
「いや、ゴンゴン攻めてるってことですよ」（笑）
「なるほど」
なんて分かっていないんですよ。ねぇ、凄いすねぇ。「あの人が、全部解説してほしいな」と思いました。全ての競技の副音声は、あの人の解説です（笑）。
もう400メートル、4×100リレーなんていうのがあって、
「さあ、第一走スタートしましたぁ！　ああっ、日本、良いスタート！」
「ヤッベぇ！　あっぶねぇ！」（爆笑・拍手）
なんかそういうのを見たいですよね（笑）。
いろんなメダリストが出てきてね、そのあとの解説みたいなのを、繋ぎでね、一所懸命解説してますけども、本当に上手な人と、上手じゃない人っていうのが、最初の3日目ぐらいから分かってきて、NHKも、「ああ、ちょっと、この人はあとのコメント上手じゃないな」って思い始めたときに、ボクは好きなんですけど、柔道のね、凄い睨みつける。あの前回の柔道で、凄い頑張った女の子［*2］が、結構、解説で、最初の頃に出ていたんですけど、言葉が出てこないで、感情が先に出てきちゃう。で、次の日に見たら、彼女の席に柔道くん人形み

［＊2］凄い頑張った女の子……2016年のリオデジャネイロ・オリンピック柔道女子57kg級で銅メダルを獲得した松本薫のこと。入場の際の闘争心をむき出しにした表情で有名になった。ちなみに2012年ロンドン・オリンピックでは金メダルを獲得している。

たいなのが置いてあって（笑）、彼女はそれで常に技の解説をするだけに変わっていましたね。「なるほどな」と思いながら……。

ビーチバレーなんていうのが、……まぁ、みんな、ほぼ遊びから始まっている訳ですよね？　野球だって、最初は遊びですよ。もう全て遊びから始まっているものが、ああやって競技になっているんで、別にとやかく言いませんけど、ビーチバレーは遊びでイイんじゃないかな（笑）。あの６人でやってる人たちが切ないでしょうね（笑）。

「意外と２人で出来るんだ」と思うでしょうから？（爆笑）　なんか、よく分からないことがいっぱい起きていてね、楽しかった。

でも、やっぱり感動しました。これは選手がボクたちにくれた感動でね、別に政治家がくれた感動でも、何でもなくて。最後の最後まで説明無きままに閉会式を迎えますよ、今、大変なコロナが、未だかつてないような状況を迎えているのにもかかわらず、総理大臣は、

「このオリンピックと、このコロナの感染拡大は、一切関係がありません。人流も抑えられたし……」

って、いうようなことを言っていますしね。でもね、尾身会長［＊3］は、最初

［＊3］尾身会長……尾身茂。２０２０年、新型コロナウイルス感染症対策分科会会長に就任。折あるごとに記者会見に登場し、その発言が話題となった。

に言っていましたよね。

「オリンピック始まったら、これぐらいに感染が上がりますよ」

って、言っているのを、言うことを聞かないで、説明も無いままに、あんなふうになっちゃう訳ですからね。

もう、なんか、よくお医者さんで、お酒が大好きなお医者さんにかかるか、お酒が大嫌いなお医者さんにかかるかで、人生変わったりしますでしょう？（笑）

そういうのありません？

例えば、軽い手術した後で、

「先生、もう、飲まないほうが良いですかね？　身体のために……」

なんて言って、お酒が好きな先生は、

「何、言ってんの？　酒は薬ですよ（笑）。飲んでイイ！　飲んでイイ！　むしろ飲みなさい。……ただ飲み過ぎは駄目だよ。五合《ごんごう》までだよ」（爆笑・拍手）

なんて、凄い人生がバラ色になるでしょう？　これが酒が嫌いな先生にかかると、

「先生少しぐらい、イイですよね？」

「何言ってんの、アンタ！　死にたいんですか？」（爆笑）

もう全然人生がつまらない。
新橋に見に行ったんですよ。ボクが大好きなやきとん屋さんがあって、「やってるのかな」と思いながらね。大変だなと思いながら覗きに行ったら、やってなかったです。「しょうがない、頑張ってよ」と思ってね、「また収まったら、必ず来るからね」って心の中で誓って通り過ぎようとしたら、その4軒先の居酒屋に座布団3枚差し上げたくなりました。

凄いっすよ。店長の手書きの模造紙ポスターが表に貼ってありました。他のところはね、「酒飲めます」なんてストレートに書いてある訳ですよ。でも、入りづらいでしょう? ……素晴らしかったですよ、こんな大きな模造紙に、「接酒《セッシュ》会場は、こちらです」って書いてある（爆笑・拍手）。……今、4割の方しか分かってないと思うんですよね。

説明するのは嫌なんですけど、一応説明しますけれど。この接種《セッシュ》の種が、酒ってなっているんすよ（爆笑）。徳利の絵が描かれた「接酒会場は、こちら」って書いて、さらに凄いのは、接酒クーポン券が入り口に置いてあるんですよ（笑）。それを手にとったら、凄かったです。（新型コロナワクチンの）接種クーポン券、普通は接種すると、2、3週間空けなくちゃいけないんでしょ? この接酒クーポン券には、「3日と空けずに来てください」って書いてあります（爆笑・拍手）。凄いです。もう、千社札［＊4］貼りたくなりました、そこの店の表に。

そうやって、皆、頑張っているんですねぇ。桜木町《こちら》も、今、お酒全然出せない。『一ノ蔵』、ボクがいつも打ち上げやっているところも1年以上行ってないんですよ。

「ごめんね」

って、言うと、

「いや、もうたい平さん、分かっているから」

って、言ってね、

「何かあったらたい平さんは、テレビ出ているような人だから。もう、何かあったらいけないから。もう、その気持ちで十分」

って、言ってくれるんですけどもね。さっきも通ってきたら、「8月22日までお休みです」って書いてあって。……多分、緊急事態宣言が延びるから、今月いっぱいってことになる訳でしょう？　大変ですよね。

でね、ああいう場面というものが、とっても大切なんですよね。今の若い人たちは、先輩たちと飲むのが嫌だったり、自分たちで飲んでいたり、家飲みって言って、家で飲むことが、「今は、そうしてください」って言われているから、そ

［＊4］千社札……神社などに参拝をした記念に貼る自分の名前などを書いた札。

ういうふうにしているけど、……やっぱね、先輩後輩が入り交じってね、いろんなことを言いながら飲むっていうことがね、とっても大切なんですよね。嫌な先輩もいる。

そういう飲み会に出ると、「嫌な先輩って、何で嫌なのか？」っていうのを冷静に考えながら飲んでいると、楽しいんです。「あっ、こういうところが嫌われるんだ」とか、そういうことがね、今度、自分にフィードバックしてきたときに、楽しいんですよ。

楽しいだけの人たちと飲んでいると、そういう気づきが無いんでね。そういう凄い楽しい、もうドンドンそういうものが無くなっているでしょう。ねぇ？

こないだ石巻［*5］に、8月1日の石巻川開き祭りも中止になってしまったので、笑顔になってもらおうと思って、独演会を演りに行ってきてね。石巻は、まん防《ぼう》［*6］も、緊急事態［*7］も出てない。でもね、「外に出たらいけない」と思ったので、「東京から来ている人なんだから」って思ってね。ボクだって毎週PCR［*8］受けていますけど、でもやっぱり、「嫌な思いさしちゃいけない」と、ずっとホテルの中で食事をさせていただいてたんですけども、……普通にお酒も飲める訳です。

［＊5］石巻……林家たい平が落語家になるきっかけとなった土地。また石巻で行われる大震災からの復興イベントなどにも積極的に出演している。

［＊6］まん防……「まん延防止等重点措置」の略称。

［＊7］緊急事態……「新型コロナウイルス感染症緊急事態宣言」の略称。

［＊8］PCR……コロナ・ウィルス等を検出するための検査のこと。

もうね、普通にそうやって外で飲んでいること自体が、本当に隠れて覚醒剤やってるみたいな（爆笑）、……なんか、それこそ襖《ふすま》を全部閉め切ってね、個室で飲んでてね、食事が来るときは、洒落ですから「合言葉を言って、開けてください」って（爆笑）、そこのお運びさんが合言葉を言って、いちいち入ってきてくれるんですよね（笑）。そのぐらい何か悪いことしている感じになっちゃってね。

でもやっぱり、外で飲んだり食べたりするのは、「美味しいな」と思いますよね。今の前座さんとかね、若い人たちが可哀そう。そういう経験が前座になってから2年間近く無いですから。ボクたちは前座のとき大変でした。皆ね、上の先輩たちは食えない時代に修業していたから、「若い人に食べさせたい」っていう思いが強いんです。

でも、若い人は、……そんなに食べたい訳じゃないんですよ（爆笑）。飽食の時代なので、普段、自分のお金でそこそこ食べているから、お腹空いている若者なんか居ないんですよ。だけど、そこに考え方の相違があるので、師匠方は、「いっぱい食べさせたい」って思いがある。ボクたちは、「無理に食べたくない」って思いがある。師匠《うち》のこん平［*9］も、凄ぉい大食漢だったので、いつもね、たくさん食べなくちゃいけないし、ボクは猫舌なので、スープも熱いのを全部飲

［＊9］こん平……林家こん平。1958年初代林家三平に入門、前座名こん平。1972年同名にて真打。ただすでに二ツ目時代『笑点』出演していたため人気者となっていた。1980年師匠三平の逝去により惣領弟子であったこん平が一門を率いる立場となる。2004年、病の為『笑点』を休演、代打としてたい平が出演し、その後たい平がレギュラーメンバーとなる。こん平はその後リハビリを続けたが、残念ながら2020年逝去。

み干さなくちゃいけない。

今の若手の人は、飲み干しません。「ご馳走様でした」って言って、スープをそのままにしとけば、

「そうだよね？　コレステロールとかカロリー高いもんね」（爆笑）

って、ボクたちが一言、逆に気を遣った言葉を言ってあげると、

「はい、そうです」

なんて言って終わり。ボクたちは、そんなのは無かったですから、スープまで飲まなきゃいけないんすよ。

ラーメンの場合は、ラーメンを食べてから全部スープを飲まなければいけないんで、面倒くさいんです。あるとき、師匠と2人きりになったときに、……少しずつ要領が良くなってくる訳ですよ、前座していると。

「オイ、たい平！　何でも食べなさい」

「すいません、師匠。今日は、あの、チャーハンが食べたいんです」

「ああ、そう！　チャーハン！」（笑）

「すいません。チャーハンお願いします」

って、言ったら、注文するときに、

「あっ、お姉さん！　この子、チャーハンだけど、スープ代わりにラーメン付けて」（爆笑・拍手）

って。……チャーハンのスープも付いてくるんですよ。その他に、ラーメンが一つ来ちゃう。だったら、ラーメンだけのほうが良かった（笑）。夜中の2時ぐらいにやっている中華料理屋とかいっぱいあるんですよ。うちの師匠がよく知っていてね。そういうところ連れていかれる訳で、夜中の2時で散々飲んでいるから、頭がバカになっちゃってるんすよ。

もうもう、とにかくお腹いっぱいだし、もう食べられないけど、師匠は目の前で食べてるのを見るのが好きだから、「食べなさい」って言って、もう頭がバカになっちゃっているんで、メニュー見たら、〝てんしんめん〟というのがあった。「あ、点心麺だ」と、もう頭がバカになっちゃっている。

冷静に考えれば分かったんですよ。でも、点心だと思ったんすよ。1点、2点の点に、心。点心麺、「……あっ、もう何か、点心麺？　ちっちゃい奴だ（笑）。さっきのチャーハンのスープが入っていたちっちゃい丼《どんぶり》で。これイイの見つけた！」と思って出てきたら、普通のラーメンの上に、もの凄い量の黄色い卵がウワッと（笑）。餡がかかっちゃっていて、「マジかよ？」と思って、師匠も酔っ払っているんで、これを何とか、……もう、食えないんで、「何とかしよう」と思って、師匠が酒飲んでいるときに、この天津をね、この黄色い、上に覆いかぶさっている物体を、スープの中に沈めて、それで帰ろうとしているんですけども、沈めて、ずっとこうやって押さえつけながら、師匠と話していて（笑）、

「そうですね、師匠ね。そうですよね」

って、言っていると、またフゥーッと浮き上がってきてしまう（爆笑）。もう、地獄のようでしたよ。

小さん師匠もね、五代目の小さん師匠も「大載せ」[＊10]……、あの、たくさん食べるのを「大載せ」っていうんですね。大載せでね。笑ったのはね、小さん師匠が『新宿末廣亭』の3軒先に『胡座楼《アグラロウ》』っていうね、ちょっと高級な中華料理屋さんがあって、そこを志ん朝師匠とか小さん師匠も大好きで。で、行って、毎回食べて。で、小さん師匠は凄く中華に造詣が深い。もうそこの『胡座楼』で、「見事な注文の仕方だな」と思っていたんです。

だけど、あるとき地方に行ったときに、中華料理屋に入ったら、全部中国語で書いてある奴、漢字で。で、メニューが来て、もう小さん師匠に任せようと思って、ジーッと皆で見ていたら、プレッシャーを感じちゃったんでしょうね（笑）。


［＊10］大載せ……落語界で使われる言葉、符丁で〝食べる〟ことを〝のせる〟と言う。というわけで〝大食い〟のことは〝大載せ〟。

［＊11］馬風……十代目鈴々舎馬風。1956年五代目柳家小さんに入門。1960年二ツ目になり柳家かゑる。初期の『笑点』メンバー、またキックボクシングのリング・アナなど司会業で忙しくなる。1973年真打、1976年十代目鈴々舎馬風を襲名。

全然日本語じゃないから、全部漢字だから……。そうしたら、「（五代目小さんの口調で）おう、1番から9番まで……」（笑）

そしたら、全部前菜だったんです（爆笑・拍手）。「前菜が好きなんだな」って、中国人が思ったでしょうね（笑）。もしくは、「こんなに前菜食べた後に、まだ食べるのか?」っていうぐらいの1番から9番までの前菜が来ました。

凄いんですよ。もう小さん、馬風［*11］、圓歌［*12］、志ん朝、こん平、まぁ、披露目ですからね。ボクの先輩で真打になった2人が居て、ボクの兄弟子のしゅう平［*13］とボクの、前座2人。で、ジャンジャン頼むのが好き、テーブルが閑散としているのは嫌いなんです。

ウチの師匠なんかも、そう。そうすると、最初の頃はイイですよ。皆、もう取り分けないと食べないから、ボクたちが均等に取り分けて、それでも2皿ずつぐらい残ってきちゃった奴を、ボクとしゅう平兄さんという先輩で、前座2人でもって全部平らげていく訳ですよね。

でも最後、チャーハンが6人前（笑）。で、もやしそばが三つぐらい、……丼に。もう、偉い師匠はそんなに箸をつけませんから、チャーハン6人前を2人で食べるんですよ。これ、食べられないです。だから、口の中に全部入れて、交代

［＊12］圓歌……三代目三遊亭圓歌。1945年二代目三遊亭圓歌に入門。1949年二ツ目で歌奴。この頃に自作の新作落語『授業中』『浪曲社長』などで全国的な人気者となる。1958年同名のまま真打。1970年三代目圓歌を襲名。1996年落語協会会長就任、2006年まで務めた。晩年も新作落語『中沢家の人々』で爆笑をさらっていた。2017年逝去。

［＊13］しゅう平……林家しゅう平。1982年林家こん平に入門してしゅう平。1998年同名のまま真打。

交代でトイレに行って、……だから、ショベルカーみたいなものです（笑）。

ここでショベルカーの口の中にいっぱいにして、トイレに行ってガーッてやって（笑）。その日のお会計が最高でした。

もう『胡座楼』でね、その日の会計。会計台が、テーブルぐらいの高さにあるでしょう？ レジ、打ち始める訳ですよ。全員で10人ぐらいで食べていたからね。で、新真打がお金を払う訳ですよ。

（レジを打つ音真似）テレッテッテテレッテッテ（笑）、テレッテッテテレッテッテテレッテッテ（爆笑）、テレッテッテテレッテッテ（爆笑）。

紙がなくなりまして（爆笑・拍手）。紙を入れ替えて、また、さらに、（レジを打つ音真似）テレッテッテテレッテッテ（笑）、テレッテッテテレッテッテテレッテッテ（爆笑）、テレッテッテテレッテッテテレッテッテ（爆笑）。

床についたんです、紙が（爆笑）。そこから、また凄かったですよ。テレッテッテテレッテッテ（笑）、床についていたレシート用紙が、下で2回転半したんですよ。いやあ、大変でしたね。

でも、そういう思いをしないと、なんだろう？　芸人としてね、「自分で手銭で食べちゃダメだよ」なんて、昔はよく言われたんです。自分でお金払って食べるんじゃなくて、お客様にね、食べさせてもらう。「小言は言うべし、酒は買うべし」という言葉があってね。

昔のお客さんは、小言は言う。だけど、そのあと、「一杯やろう」って言って、ご馳走してくれたりなんかする、そういうところで、「人情だとかいろんなものを学ぶんですよ」と言って、そういうことがドンドン芸人の質というものを高めていった。

まぁ、とにかく一緒に食べている人は、喜ばせなくちゃいけませんからね。そういうことがなくなって、仲間だけで、芸人仲間だけで食べるようになると、やっぱりそういう気の遣い方も出来なくなるし、ある種太鼓持ちですよ。落語ではなくて、ご馳走になっているときに、「いや本当に、どうもありがとうございます」なんて言いながらね、そういうことを学ぶ上でも大切な場所が今ドンドンなくなっちゃってね。

『鰻の幇間』へ続く

特別収録『林家あずみの三味線漫談』より

2021年8月8日　横浜にぎわい座
『天下たい平』Vol．104より

皆さんも、日々暮らしの中で、「この人には、敵わないな」と思うことが多々あると思います。わたしもですね、「この人には、敵わないな」と思うことがございます。誰かというと、師匠のマネージャーの山下さん［＊1］です（笑）。もう、山下さんは芸人よりも芸人なんです。

ついこないだの出来事なんですけれども、師匠と地方の独演会に行きまして、その楽屋がですね、旅館のような和室だったんです。で、ですね、全部障子戸になっていて、部屋を仕切る障子戸までありました。

終演後、ちょっと時間が押してしまって、乗る新幹線がギリギリだと。師匠も、もう大慌てで、着替える。で、わたしも隣で大慌てで師匠の着物をさっささっさと畳んでおりましたら、山下さんも、「何か自分に出来ないか？」と思っ

［＊1］山下さん……林家たい平事務所〝オフィス・ビーワン〟の敏腕マネージャー。

て、いろいろ手伝い始めて、ワーッと楽屋中走って、座布団を端っこに寄せて、机を寄せて、ダァーッと走りながら部屋を仕切ってる障子をターンと開けて、そのままの勢いで走っていって、廊下と楽屋を遮断している障子戸をタン、ターン！　と開けたんです。

そうしましたら、障子戸の目の前に、お見送りするためにスタンバイしていた会館の人がずらっと並んでいたんです（笑）。パッと見ましたら、師匠がちょうどパンツ1枚で（爆笑）、靴下を履こうとしているその瞬間でした。クラウチングスタートみたいな体勢で（爆笑）。もう、師匠も、「ワァーッ！」って、会館の人たちも、「ウゥーッ！」ってなっていて、もう絶妙だったんです。

もう舞台転換のプロのやり手婆が、「さあ、どうぞ！」みたいな感じで、パンパンッて開けた瞬間に、パンツ一丁の師匠が！（爆笑）もう絶妙すぎて。で、師匠が「ウワァーッ！」って言ったときに、山下さんが「ギャーッ！」って言う。「あとで、怒られるぅ！」みたいな（爆笑）。

もう、わたしも、もう笑いが止まりませんで、急いでタクシーに3人で乗って、山下さん助手席、わたしと師匠が後ろ。で、新幹線に向かう最中も、わたしは思い出し笑いのレベルを超えて、普通に声出して何回も、「アッハッハッハッハ」って笑いが止まらなくて（笑）、そうしましたら、前に座ってる山下さんが震えていて、嗚咽のような声を出していました。

はぁー！　どうしよう？　わたし調子に乗って、笑いすぎた。そうだよね？　よかれと思って、一所懸命自分に出来ることはないかと思ってやっていた中で、「すぐ帰れるように」と思って、戸を開けちゃっただけなのに、「こんなに笑っちゃって、ごめんなさい」と思いながらも、わたしは笑いが止まらなくて（爆笑）。「アッハッハッハ」って時折笑っていて、もう師匠も「勝手に笑ってらぁ」みたいな感じで、もう相手にもしてくれなくなって……。

タクシーが新幹線乗り場に着いて、「ごめんなさいね、山下さん」と思って助手席から降りた山下さん見たら、笑うの我慢しすぎて泣いていたんですよ（爆笑・拍手）。「あぁー！　この人には、一生勝てないな」と、そう思った一日でございました。

秩父の実家を『林家たい平美術館』に

2021年8月8日　横浜にぎわい座
『天下たい平』Vol．104より

もう毎年、毎年、皆で集まって、お酒を飲みながらワイワイやる会が浅草の『ちんや』さんというね、すき焼きの老舗《しにせ》がありまして、雷門通りにあるんですけどもね。もう創業140年ですよ。創業140年、このコロナで一旦閉店ということになってしまって、いろんな文化を本当に持ち去っていくなというふうに思いますね。すき焼きなんて、本当に完全な3密［＊1］じゃないですかね。皆でもって鍋を囲んで、突《つつ》きながら同じ箸でもって、お酒を飲みながら、「ああでもない。こうでもない」と言うのが、すき焼きの本来の食べ方。……そういう文化を、このコロナというものが全部ぶっ壊してしまって、そういうことが出来ない状況になって、お酒も売れないという状況になって、140年の歴史に幕を下ろすということになりましてね。

［＊1］3密……2020年、新型コロナ感染予防にむけた厚生労働省の掲げた標語〝3つの密、密閉、密集、密接を避けましょう〟があり、その後小池都知事がボードに掲げた「3密を避けて…」が報道され、一気に広まった。

ボクも行きたかったんですけども、こういうご時世ですから、行くことは出来ませんでした。最後の『ちんや』さんの味に舌鼓を打つことが出来ませんでしたけどもね。なんか悲しいですね。

そうだ！　忘れていました。皆さんにマスクホルダーを、今日は台風の中来てくださるので、「何かこういうときに、皆さんにお土産がないかな」と思って、そうだ、マスクホルダーがあると……、あっ、いちいち出さなくて大丈夫でございます（爆笑・拍手）。

今、ボクが（高座に）出る前にね、あずみちゃん。ボク、さっきからずっとあの高座を聴いているんですけども、だいぶボクのことを……（笑）、あの、ディスるようになりましたよね（笑）。ボク、結構デリケートなので、心が痛んでいるんですよ。え、そんなふうに思う……。だって、そんなように思ってなければ、あんなふうには出ませんからね（爆笑）。

なんか、めんどくせえおっさんだって、絶対どっかで思っているでしょう？（笑）そういうのがあって、ポロポロ出ちゃうんですよ。それはね、最近ね、なんかね、関西によく行っているからですよ。だからね、悪い影響を受けて（笑）、「師匠のことなんか、悪口言うといたらエエねん」なんて（笑）、「もう、自分が売れるためやったら、踏み台やから」なんて言って（爆笑）、多分そういうところに、今、行ってるから、あんなふうになっちゃっているんすよね。

恐ろしいあずみちゃんが、ボクがね、もう一席あるので緊張して、袖に居たら、わざわざボクに聞こえるように、

「ああっ！　言うの忘れちゃった」

って、言ってんですよ。

「あぁ〜、一席目の、自分の高座で言えばよかったぁ。忘れちゃったぁ〜」

って、言っているの。

「どうしたの？」

って、言ったら、

「あのぅ、水曜日、BSの『笑点 特大号』に、私、あの女流大喜利で出るのをお客さんに伝えるの忘れたぁ」（爆笑・拍手）

「ボクが言ったら、イイんですね？」

って、言った。

（林家あずみが、袖から登場）

まぁ、言わせていただきました（爆笑・拍手）。弟子の案内もさせていただき

ました（笑）。あとなんかあるの？　告知があるの？

「（あずみ）特にないけれども、お顔を見せにやってまいりました」（笑）

よく分かんない。はい、分かりました。

「（あずみ）すいません。水曜日、２時間スペシャルで、はい、女流大喜利で出ております。面白い回答していると思います」（退場・拍手）

堂々としていますよね。「面白い回答していると思います」なんて、自分には絶対言えないセリフですよ（爆笑・拍手）。本当頑張ってますんでね、「ドンドンドンドン売れてもらいたいな」と思っておりますよ。

長崎にこないだ行って、波佐見《はさみ》焼って、有田の隣に波佐見っていう町があって、そこは磁器で有名なんですね、有田と同じように。ボクはそこに知り合いがいて、もう10年ぶりに波佐見に染め付けに行って、百枚ぐらいお皿を描いてきたんです。それに、たまたま『笑点』のスタッフの女の子に、「これから波佐見焼に行くよ」って言ったら、「見に行っていいですか？」って言って、見に来て、カメラを回していたので、どんな作品なのか？　見られるようになっておりますので、是非ご覧いただければなと思っています。それをね、皆さんに見ていただく場所が、ほぼ出来上がりました。

故郷の秩父に両親が住んでいた家があって、ボクは3歳のときから、そこの家で育ちました。姉兄ボクですから、3兄弟。とても思い出の深い『タジカ洋服店』です。もう、両親が死んじゃって、「どうしようか？」って言ったときに、兄弟で相談をして、「じゃぁ、兄弟が住めるお家にしよう」というので、兄は整体をやっているので、1階部分の半分を兄貴の整体院にして、もう一つの半分の部分はお姉ちゃんが、母親がやっていた駄菓子屋を継いで、駄菓子とたい平グッズを売るお店をやって、2階はわたしの『たい平美術館』というのを、今、作ってて、描いた絵を壁に貼って、秩父に来た人を……。あの、秩父に来ても皆さんね、長瀞《ながとろ》に行ったり、三峰《みつみね》に行ったりして（笑）、街の中ほとんど歩かないんで、なのでそうやって歩く場所が出来たら、街の中で楽しんでもらえるんじゃないかなというので、『たい平美術館』というのを、今、作ろうって言って、それがもうほぼ出来上がりましたので、オープンって言いたいんだけど、コロナがすっかり収まって、大丈夫になってから、来年ですかね。

「来年の春ぐらいにオープン出来れば……」なんていうふうに思って、その波佐見焼も、そこに展示が出来ればイイなと思ったりしております。是非コロナが収まったら秩父にお越しいただいて、楽しんでいただければなと、そんなふうに思います。

……なんか、誰も洋服屋を継ぎませんでした。だけど、やっぱり、洋服屋で育ててもらったっていう思いがあるんでね、テーラーで。なので、もう洋服屋はやらないんですけど、もう一度綺麗になったら、その外観のところに『タジカ洋服店』という看板をつけたいなと思って、昨日からわたしがずっとペンキで色を塗ったりしてるんですよ。

まぁ、親の跡を本当は継ぎたかったんですけれどもね。まぁ、父のほうから、「もうテーラーで食える時代じゃないからやめなさい」って、いうふうに言われて、で、落語家になった。……もっと食えなかったです（爆笑）。

「おい、親方が呼んでるらしいぞ。すぐに皆でもって来いってんだよ。何かあったんじゃねぇかと思うんだよな。ああ。親方が、『すぐに来い』って呼んでるってのはね。何か親方に怒られるような、失敗《しくじ》った、そんな話があったら、今、皆の前で話しをしとこうじゃねえか？　いきなりよ、あそこでもって雷を落とされて、驚いていたら、ダメだ。なぁ、もうあらかじめ皆でもって、そういうことだって分かってたら、うん、怒られたってよ、ずっと。うん。心の準備が出来てるって奴だよ。何か、やらかした奴は居ねぇかい？」

『船徳』へ続く

落語家の名前

2021年10月13日　横浜にぎわい座
『天下たい平』Vol．105より

ビックリしましたね。小三治師匠〔*1〕がお亡くなりになりました。81歳ですか……。今の時代では、まだまだお若いですよね。このあいだ、『新美の巨人たち』〔*2〕というテレビ番組、ご覧になっていただいた方もいらっしゃるかも知れませんが、『新宿末廣亭』〔*3〕を『新美の巨人たち』でとり上げていただきました。

戦後、あそこを建てた秘話であるとか、〝思い〟であるとか、そんな中に小三治師匠が登場なさって、『末廣亭』のことをお話しになっていました。何か……、高座に座ってお辞儀をするときに、ちょっとぎこちなかったり、「大丈夫かな?」と思いながら、テレビを見ていたんですがこんなに早く天国に行ってしまうとは思いませんでした。でも、噺家としてはずっと大病を患って、横になっ

〔＊1〕小三治師匠……十代目柳家小三治。1959年五代目柳家小さんに入門し小たけ。1969年真打昇進、十代目柳家小三治を襲名。独特な間の語り口で爆笑をさらい人気を博した。落語の〝まくら〟だけを集めた書籍も大ヒットした。2010年落語協会会長に就任。2014年人間国宝に認定される。2021年逝去。

〔＊2〕『新美の巨人たち』……テレビ東京系列で毎週土曜日22時から放映されている美術を中心に旅の要素を含めた番組。

〔＊3〕『新宿末廣亭』……都内に4軒ある落語定席のうちのひとつで新宿三丁目にある寄席。明治の開業、現在の風格ある建物は1946年に再建された。

ているというよりは、ギリギリまで高座をお務めになっていたようですしね。最後は、『府中の森芸術劇場』というところで、『猫の皿』という落語を演ったようでございます。

ちょっと前に、NHKで、コロナ禍を小三治師匠はどう過ごしているかという、ドキュメンタリー番組をやっておりまして、わたしも偶然旅先で見ていて、師匠は、師匠なりに、凄く頑張っていらっしゃるな。まぁ、身体がずっとリウマチや、いろんな病気に冒されてましたんでね、お水を変えてみたりとか、蜂蜜にあるときは凝ってみたりとか、そうやって自然療法を一所懸命におやりになっていたんですが、最後までなかなか治らずでございました。

ボクはマラソン、24時間マラソンを走り終わって、次の年ですね。ですから、夏が終わって正月を迎えて、正月、ボクの出番の三つあとぐらい、小三治師匠が『浅草演芸ホール』[＊4]というところでトリをとられておりまして、ボクが高座に上がる前と、高座から降りてきたときに、椅子に座ってらっしゃいました。正座がもう苦しいので、椅子に座って、「ヨッ」なんて言って、ボクを迎えてくれました。

そのとき、もう誰も居なくなった楽屋で、

[＊4]『浅草演芸ホール』……落語定席のうちのひとつ。当時浅草にあった劇場フランス座を改装し1964年に開業した。

「お先でございました」

「……自分を大切にしなよ……」

って、いうような一言でした。そのあとは、なかなかどういう意味かは訊きづらかったんですが、「自分を大切にしなさいよ。走って、身体が……」というようなことをご心配になっていたのか……。

もう一つ考えるのは、こんなことは自分で言うことではないんですが、嬉しかった言葉を言ってくださいましてね。それこそ『浅草演芸ホール』の1階の楽屋の奥のほうで、お正月ですから忙しいので、自分で着替えて、自分で着物を畳んでおりましたら、奥にいるボクに向かって、もう一度さっきの言葉でね、「自分を大切にしなよ。たい平君」。……少し分かった気がしたんですね。

それは、ボクが高座で、お正月ですから5分もありません。漫談でワーッと笑わして帰ってきたつもりだったんですが、その「自分を大切にしなよ」というのが……、

「あのね、たい平。君が前座になって暫くしてから、志ん朝さんとね、君のこと話してたんだよ」

「はっ、そうですか……」

「『良いのが来たから、落語界、大丈夫そうだね?』って、そうやって志ん朝さんと話してたんだよ」

……うん、そんな言葉でした。それからは、あとの5日間。全く受けなかったですけども(笑)、古典落語の短いお噺を小三治師匠の前で演って降りてきました。

なんか、「そういうことなのかな?」というようなことを、仰ってくださいました。あまり、他所《よそ》の一門にお話をするような師匠じゃありませんでしたし、晩年は楽屋でニコニコして、あまり多くを喋らない師匠でした。ですから今から4年ぐらい前、忘れもしません。そんなことを言っていただいたので、小三治師匠が亡くなり、その前に志ん朝師匠が亡くなり、「何かそういうものを、ボクたちが引き継がなければいけないのかな」というような思いで、……まぁ、全然引き継げるような芸ではありませんし、小三治師匠の偉大さというかね。

フラ[*5]というのは、本当に凄いものがありましたね。何だか分からないおかしみと、おかしみだけじゃなくて、晩年も80を過ぎても可愛さと、それから落語家の持っている、本当に無邪気さと、……そういうものがたくさんある小三治師匠でございました。

[*5] フラ……落語家やお笑い芸人の持っている何とも言えないおかしみのこと。

90歳になっての、百歳になっての、小三治師匠の噺が聴きたかったなと思っても、……まぁ、天命と申しますかねぇ……。ボクはギリギリ、本当に間に合ったんですけどもね、今の若い人たちは、志ん朝師匠にも間に合わなかった。先代の小さん師匠にも間に合わなかった。今度入ってくる人は小三治師匠にも間に合わなかった。そういったときに、「ボクたちが、その代わりになれるかな？」と思うと、甚だ疑問でね。

自分が真打になったとき披露目に、やっぱり並んでほしい師匠ってのが居ました。ボクは小三治師匠にもお世話になったし、志ん朝師匠にもお世話になったので、「小三治・志ん朝に並んでほしいな」と思っているときに、志ん朝師匠は、「おい、たい平、何日出るんだ？　なるべく君が出るときは並ぶよ」って、言って並んでくれた。今度は後輩に、自分がそうなれるかなというのがね、これからの落語家人生の課題のような、そんな気がいたしておりまして。ちょっと小三治師匠に、追悼哀悼の意を込めて、思い出話というか、そんな話をさせていただきました。

オートバイが大好きでね。オートバイに乗って北海道に行ったり、スキーも大好きでしたから、一門を連れてスキーに行って、スキー場の近くで落語会を演る。そんな粋な師匠でもありました。親に大反対をされて、お父様は学校の先生でしたからね。そういう堅いお家《うち》に育って、「落語家になる」と言った時点で大反対をされて、落語家になって、五代目の小さん師匠の前名《ぜんめい》、ですから、出世名《しゅっせな》[*6]なんですね。小三治という名前をもらって、またさらにその小三治という名前を大きくして、師匠と同じように人間国宝[*7]にまでなってお亡くなりになりました。

こうやって、どこかで、そういう先輩たちが見てくれてるんじゃないかと思って、一所懸命、ボクたちは頑張らなくちゃいけないなと思っております。

……なんか、しんみりしちゃったので（笑）、ウチの師匠が、死んだときも言ったと思いますが、皆さんもそうでしょうか。特に芸人なんてのは、名前を売る商売ですから、名前が世の中から消え去ってしまうというのが、一番悲しいことでございます。

人は2度死ぬ。1度目は命が天国に召されるときでございまして、これが1度目の死です。2度目の死というのは、人の口に上らなくなること、人の記憶から忘れ去られてしまうこと。これが、2度目の死でございまして、2度死なせないために、師匠方の思い出話を、自分が生きてる間は、自分がお世話になった師匠

[＊6]出世名……将来の出世を約束されている高座名。柳家小三治という名前は人間国宝の故・五代目柳家小さんの前名でもある。代々小三治という名は次の大きな名跡を継ぐ名前とされていた。だが先年逝去した十代目は小三治のまま人間国宝となり自ら名跡を大きくした。

[＊7]人間国宝……文部科学大臣が認定した重要無形文化財の保持者のことを人間国宝と呼びならわしている。

の話が少しでも出来れば良いなと、思っているんです。
名前、……小さん、小三治、……良いですよね。なんか、いい噺が聴けるって
いう……、羨ましいですよ。ね？（笑）　どんなに頑張っても、林家って付いてる
限りは（爆笑）。前回、あずみちゃんが言っていました通り、
「林家だろう？　いや、じゃなくて、ちゃんとした落語家で、誰が好き？」
って、言われちゃうぐらい（爆笑・拍手）。あのう、山形のほうで柳家花緑兄
さんと二人会で行ったときに、その日のパンフレットをもらったら、ミスプリに
なっていましてね。
「柳家花緑・柳家たい平二人会」って書いてありました（爆笑）。主催者が、凄
く謝りに来て、
「本当にこのようなことがあってはならない。それを……、柳家たい平……、誠
に申し訳ございません」
まだ、コロナではありませんでしたので、手を取って、
「こんな嬉しいことはありません（爆笑・拍手）。なりたかった柳家に、今日1
日だけさせていただきまして、ありがとうございます」
「はぁ？」

「林家というだけで、ずっと蔑まれた一門……」（爆笑）

「そうだったんですか……、それは良かった」

アンタまで、そんなふうに言わなくていいです（笑）。……名前、名前というのは本当に、名は体を表すというぐらいね。

そういう名前で言うと、町名変更なんていうのを覚えてらっしゃる方は、どれだけ居るか、分かりません。わたしもどれぐらい前に町名変更なんていうのが、……まぁ、これは本当に改悪ですね。江戸の由緒ある歴史ある町名というのは、その町はどういうふうな生い立ちがあるかというのが、その町名で分かる。ですから、本当に素敵な名前がたくさんあったのにもかかわらず、上野なんかを例にとりますとね、東上野1丁目から、2丁目、3丁目とかね。上野、東上野とかなんか色っぽくないじゃないですか？

まだ少しだけ名残がある。稲荷町であるとか、黒門町であるとか、そういうところが少しは残っておりますけども、小伝馬町、小伝馬町なんてのも良い名前ですね。小伝馬町には、大伝馬町もありました。これを正式名称で言うと、日本橋大伝馬町、それから日本橋小伝馬町。大伝馬町というのは、その当時、大体通信といいますかね、今の宅配業者じゃありませんけれども、そうやっていろんな流通を商っていたのが、馬が主でございましたから、その馬がたくさん集まってるほうが、大伝馬町。数が少ないほうが、小伝馬町なんていうふうに言われておりました。

馬を扱う業者を博労《ばくろう》と申しましてね。博打《ばくち》の博に、労働の労で、博労。牛や馬を商いする。その業者というのが、またすぐ近くにたくさんおりました。それが博労町でございました。暫くしてから、「馬が喰らう」と漢字を変えて馬喰町というふうになりました。

今でも、馬喰町。それから馬喰横山。昔はあのあたりに問屋がずっとありましたので、そのまま今も問屋街として横山町は残っている訳でして。この馬喰町というのは、明暦の大火以降、すぐ近くに、今でいう税務署のようなお役所が出来てしまって、そこに足繁く通う人たちが多くなりましたので、宿屋、旅籠《はたご》が、集まったんだそうでございます。夕方になりますというと客引きで大変でございまして、

「ありがとう存じます。いや、よろしいんでございますか？　これだけたくさんの宿屋のある中で、このお粗末な宿屋を選んでいただきまして、よろしいんでご

ざいますか?　夫婦2人でやっておりますので、何のお構いも出来ませんが……」

「いやいや、そういうところを私は探してたんですよ」

『宿屋の富』へ続く

お母さんの天気予報

2021年10月13日　横浜にぎわい座
『天下たい平』Vol．105より

亡くなった人の話ばかりで恐縮ですけども、去年の10月は、まだ母親が生きておりました。

11月に天国に行ってしまって、寒くなると母親の思い出ってたくさんありましてね。今みたいに、電気毛布もありませんでしたから、羽毛布団なんてのもありませんでしたでしょう？　ね？　真綿の重い布団でね、両親が忙しかったもんですから、「1人で寝なさい」って言って、「2階に、早く上がりなさい」、「布団に入りなさい」って言うんですけどもね。

真っ暗な2階で冷たく重い布団で怖いですよ。子供はね、不安ですよ。そうするとやっぱり寝られないのが分かるみたいで、ちょっと仕事の合間を縫って母親が来てくれて、布団の中にすっと入ってくれて、冷たくなった足を自分の足でもって、キュッと挟んでくれてね、足が温かくなるまで、眠るまで添い寝をしてくれました。

何かそんな思い出が、最近の思い出ってよりも、子供の頃の思い出っていうのが、凄く今になって蘇ってきますね。母親の偉大さというか……。田舎者でしたからね、お母さんが大体、天気を予想しますよ。朝、学校に行く前に、

「今日ね、夕方に雨降るよ。傘を持ってきなさい」

って、言われて、「いーよ、晴れているから、絶対雨降らないよ」と思って持ってくと、学校帰りにザーッと降ってきて、「やっぱり、お母さん凄いな」と思ったりしてね。

なんかそのほうが、ありがたみがあるでしょう？　今みたいにアメダスとか、雨雲レーダーとか(笑)、何て言うんですか、風情がないですよね。全く風情がないでしょう？　「あと5分で、雨雲去ります」なんて言って、今、ロケなんかでも、皆そうなんですよ。皆、ＡＤさんとか、雨雲レーダーを持ってて、

「今、これかかっているのは、(スマホを操作して)……、あ、あと12分で雨雲消えます」

なんて、言っているんですよ。そういうのは、つまらないでしょう？　そうい

うので、多分一番被害を受けているのは、飲み屋さんとかでしょう？

「今日、ちょっと仕事終わりに行こうよ」

なんて言ってね、そうすっと若い奴が、

「すいません。雨雲レーダーでこの30分後に雨雲が来ますんで（笑）。それずっと2時間半、雨雲の中ですから帰ります」

なんて言って、そんな先の先なんか分からないのが楽しいじゃないですか？飲んでいるときに、ザーッと降ったらね、

「ああ、これ帰れねぇな」

ってね。

「もう、雨止むまで飲もう」

なんていうのが、楽しいんですよ。なんかね、そういうところの風情というのが、科学に頼って、科学が進んだために、さっき言ったお母さんの凄さだったりとか、そういう不意の時間の潰し方とか、……無くなりましたね。

もうあれでしょう？　さっき、さく平が演っていた。『金明竹』の雨宿り[*1]なんていうの、無くなったでしょう？　ねぇ、それこそ、昔は雨宿りがいっぱい居ましたよね？　軒下でもって、「止むのかなぁ？」なんて言いながら。


[＊1]『金明竹』の雨宿り……少し頭の弱い主人公、店番をしていると早口の上方弁の男から言伝を頼まれるがさっぱり分からないという演目の冒頭場面のこと。軒先を借りに来た通りすがりの他人に傘をあげてしまうというおマヌケぶりだ。

そうすると、なんか綺麗な女の子が、「止むのかなぁ？」なんて言って、

「（男性）止まないですね」（笑）

「（女性）止まないですね」

「お家は、どちらですか？」

「あのぅ、郵便局の先のセブンイレブンを曲がったとこです」

「えっ、本当ですか。僕もそっちです。……じゃぁ、傘、僕が買います。一つの傘に、入っていきますか？」

……なんていうのも、無いですよね（爆笑）。昔も無いでしょうがね。なんかもう、五感、人間の感覚、自然の中に溶け込んで、そういうものを見たほうが、ボクは何か、人生……、人生まで言ったら大げさですけども、豊かになる気がします。

自分を信じてあげるんですよ。いや降らない。だから、傘持たない、いや、あんなに雨降るって言っているけど、天気予報では。テレビでは言っているけど、「オレは、オレを信じる」って言って、ずぶ濡れになって帰っても、イイんですよ（笑）。それはね、自分も嬉しい筈ですよ。「オレを信じてくれて、ありがとう」ってね、心の中で叫んでいますよ。そういうなんか、人と人との何か、そう

いうものが逆に稀薄になっている時代ですね、あれ嫌でしょう？

　こないだ地震があって、もう数秒前に分かるのはイイですよ。地震のアラーム、だけど、「（音真似）ウエィーン！　ウエィーン！　ウエィーン！」っていって（爆笑）、その1秒後でしょう？　あのあと、どうしたらイイんですか？（爆笑）あの音で、ずっと怖いでしょう？（笑）それよりは地震終わったあと、「……かなり、揺れましたねぇ」って、スマートフォンが言ってくれたほうがイイでしょう？（爆笑・拍手）

「揺れたぁ〜」

　ってね。その共感のほうがイイでしょう？

「（音真似）ウエィーン！　ウエィーン！　ウエィーン！」

「ウワーァッ！」

　家《うち》なんか、猫がもう、「ウワァッ」って、もう凄い、あの音聞いて（爆笑）。何なんすかねぇ？　大きなお世話なところが、本当に多いです。

　志ん朝師匠、さっきの話の志ん朝師匠が地震が大嫌いでね。長野に一緒に行ったときに、地震が起きてね、いち早く表に出て、本当に漫画で見たような恰好で、電信柱に歌舞いた恰好でしがみついて（爆笑・拍手）。それがね、住吉踊りを演ってるから、良い形なんですよね（爆笑）。こんな名人でも地震が怖いんだっていう。そういうところに人間味があるような気がいたします。


「番頭さん、今日は風が強い。さっきから見てるとな、人通りもまばらになりましたよ。今日は早じまいとしましょう」

「左様でございますね」

「はいはい。毎日毎日忙しかったから、小僧さんたちにも伝えて、今日は早じまいだ。ドンドンとしまってな。早くに休みなさいよ」

「ありがとう存じます」

「こういう風だとね、人が歩いてない。ずっと店開けてたって仕方がないことだ」

「ごめんくださいまし、ごめんくださいまし……」

「はい。はい」

「……一包、売っていただきたいんでございますが……」

「はぁ、そうですか。いやあ、もう少し早く来ていただいたらね、お売りすることが出来たんですけれどもね。見てお分かりの通り、もう、今、店早じまいしてしまいましたんで、また明日……」

「そこを何とかなりませんでしょうか?」

「なりませんね」

『おかめ団子』へ続く

遠くに聞こえる川柳師匠のラッパ

２０２１年12月12日　横浜にぎわい座
『天下たい平』Ｖｏｌ．106より

ボクは57歳になりまして、そうしますと先輩たちは、もっとさらに上になる訳でね。このところ訃報というか、大好きな師匠方が天国に行くことが多くなりました。前回は小三治師匠、それからこのあいだは、わたしの故郷秩父の先輩でございました川柳川柳《かわやなぎせんりゅう》師匠［*1］というね、知っている方以外は、知らないという師匠でした（爆笑）。

寄席には本当によく出て、精力的で、理知的で、高座は『ガーコン』［*2］というのが凄く有名で、軍歌を歌って、とても楽しそうに一席、一席を大事にしている師匠でございました。楽屋では、静かに毎回毎回、小説を読んでいましてね。高座に上がると、もの凄いパワフルな師匠で、「秩父の人だな」という感じがいたしました。

［＊1］川柳川柳師匠……１９５５年六代目三遊亭圓生に入門しさん生。この名のまま二ツ目となり高座でギターを弾き歌ったことでテレビの人気者となった。ただこの売れ方を師匠圓生は認めず、後に落語協会を脱退する師と離れ、協会に残った。１９７８年に五代目柳家小さん門下に移籍し川柳川柳となる。２０２１年逝去。

［＊2］『ガーコン』……川柳川柳の代表的な漫談風新作落語。軍歌やジャズを取り入れて高座で歌いまくるというもの。タイトルの〝ガーコン〟とは故郷の親が米の脱穀機を扱う仕草を演じた際の音の表現だ。この他に『ジャズ息子』などがある。

　でも初めて会ったときには、もう川柳師匠自体が世の中から忘れ去られていると言ったら失礼ですけれども、テレビの世界からは忘れ去られている。メディアからは、ちょっと忘れられていた時期でございました。ボクはこん平の弟子で、『新宿末廣亭』で隅っこのほうに突っ立っておりましたら、川柳師匠が来て、

「君、誰の弟子？」

「こん平です」

「そう」

「生まれは？」

「秩父です」

「秩父？」

「はい、そうです」

「なんだ、お前。秩父だったら、なんで俺の弟子にならないんだよ？」（笑）

「えっ、なんでですか？」

「俺は秩父だよ。秩父で有名なんだよ」

「全く知りません」（爆笑）

「そういう時代になったか……」

って、言いながら、それがきっかけでもってね、凄く大切に可愛がってくれました。可愛がると言っても、ボクにいろんなものをご馳走してくれる訳ではなくて、ボクがご馳走する係でした（爆笑）。

口ラッパがね、とてもお上手で、♪　パパァッ、パッて、こういう。口で、本当にラッパのような音が出る……、川柳師匠でね。上機嫌になってお酒を飲み始めて、とても機嫌が良くなると口ラッパ吹いて、コロナの中では信じられないぐらい唾《つばき》を飛ばしているような師匠でした（爆笑）。

『セキネ』［＊3］というところに行って、2人でシューマイを頼んで、お酒を飲みながら、上機嫌になった師匠の口からはラッパと共にシューマイの破片が（笑）、テーブル中に飛び散って、そのあと、

「俺はもう1個食ったから、たい平、食べなさい」

って、言われる（爆笑）。ちょっと食べづらかったです（笑）。

札幌の千歳空港でも、師匠がソフトクリームをご馳走してくれました。……半分舐めたあとボクにくださいました（爆笑）。愛情感じました。何か、違う粒が付いてました（笑）。でも、目をつぶって一所懸命食べさせていただきました。

ソンブレロという大きな帽子を被って、

［＊3］セキネ……浅草演芸ホールの近くにあった食堂、シューマイで有名だった。現在はテイクアウト専門の店となっている。

♪　ラ・マラゲェ〜ニャ［＊4］

なんて歌ってね。

♪　ぼんやりしてちゃぁ〜ダメ

それこそ大師匠の三平よりも早くミュージカル落語といいますかね、歌を歌いながらの新作落語でございました。

もう楽しくてねぇ。まぁ、タダ酒というか、お酒が好きで、真打のお披露目になったりすると、楽屋にお酒が置いてありますから……。それをひたすら飲んじゃうんですね。飲んじゃうと、酔っぱらってラッパを吹くので、その頃ボクは前座だったんですけど、

「師匠、あの、もう、怒られますから、そろそろ帰りましょう……」

って、言ってカバンを……、酔っ払っちゃうとカバンまで失くしちゃうんで、本当に兵隊みたいに十字に二つバッグをかけて（笑）、で、表に出すんですよ。

変な話ね。前座ですけども、前座から師匠に車代を千円渡して、「師匠、これで帰ってくださいね」って言って帰して、「ああ、やれやれ」と思ってると、遠くのほうから、

♪　パパァッ、パッ、パァー！　パッパパパッ

って、段々近づいてくるんですよ（爆笑）。で、やっぱり大先輩ですから無下《むげ》

［＊4］ラ・マラゲーニャ……トリオ・ロス・パンチョスの大ヒット曲。日本ではアイ・ジョージが歌ってヒットした。川柳はさん生時代にこの曲をきっかけに人気者となった。

には出来ないんでね。どうやって帰したらいいかっていうと、『新宿末廣亭』の木戸［*5］から、何か連絡事項があるとブーッて鳴る電話が楽屋にあるんです。それを自作自演で、ブーッて押して、ボクが1人で、

「はい、あぁ、分かりました。はい。すぐ師匠にそう言います。（電話を切る真似）……師匠、木戸が凄く怒ってます」

　って、言うと、「御免。御免」って言って、帰るようなね（笑）。チキンハートでもあるんですけども、なんかね、もう芸人らしさっていうのかな？　ウチの師匠もそうですけども、芸人らしい芸人というか、面倒くさいんだけど、大好きで堪らない師匠でしたね。

　圓丈《えんじょう》師匠［*6］も、新作の会に、ボクなんか二ツ目になって呼んでいただいて、よく飲み会をしながら、打ち上げをしながら、芸談や新作落語について話しをさせていただきました。そういう師匠が、ドンドン居なくなってしまってね。悲しいですけど仕方がありません。ボクたちの胸の中に、いつまでも生きているので、後輩たちと飲む機会があったら、川柳師匠の話をしよう。圓丈師匠の話をしようなんていうふうに思っております。

　川柳師匠はね、凄く売れたときに、秩父にね後援会が出来た。でね、落語家で

［＊5］『新宿末廣亭』の木戸……末廣亭の入場口あたり、またはそこにつめている寄席のスタッフや席亭のこと。楽屋とは少し距離が離れているので内線電話がついている。

［＊6］圓丈師匠……三遊亭圓丈。1955年六代目三遊亭圓生に入門しぬう生。1978年真打に昇進し圓丈となる。1980年代からは創作落語を中心に活動し、人気を博した。またその実験的な落語スタイルは後進の創作落語家たちに影響を与えてもいる。2021年逝去。

後援会を持ったのも、多分、川柳師匠が初めてなんで、カッコイイ外車を買ったのも、川柳師匠が東京の落語家では初めて。それぐらい全部新しいものを取り入れて、凄い売れていた人です。それで、秩父で、いよいよ、スーパースターが現れたんで、後援会を作ろうということになった。第1回の後援会の発足式を、市民会館に千3百人集めてやったんです。

で、皆、お祝いで、「おめでとう！　おめでとう！」と、楽屋に一升瓶が何本も並んでいて、それを師匠が飲み始めちゃった（笑）。開演のときにはベロベロで、もう喋れるような状態ではなかったんです（笑）。そのときに前座で来ていたのが、木久扇師匠［＊7］です、木久蔵時代。

前座で来て、メインの人は酔っ払って倒れていますから（笑）、前座の木久蔵師匠、今の木久扇師匠が2時間喋って終了しました（爆笑）。これ前座で2時間出来る木久扇師匠も凄いですよ。だけど、晴れの舞台で酔っ払って楽屋で寝てて、前座が2時間喋っているってのも凄いでしょう？　その1回だけで後援会は消滅した（爆笑）。

そういう人なんです。だからね、本当に芸人らしくていいんですよ。「カッコイイ師匠が、秩父の出身で良かったな」って本当に思いました。ちょっと寂しい

［＊7］木久扇師匠……林家木久扇。1960年三代目桂三木助に入門し木久男。だが翌年三木助逝去のため八代目林家正蔵（後の彦六）門下に移籍、林家木久蔵と改名。1969年から『笑点』のメンバーとなり人気を獲得。2007年息子のきくおが真打昇進するにあたり木久蔵の名を譲り、自らは名を公募して木久扇と改名した。

ですけれどもね。お酒が大好きな師匠でした。

いろんな話を、酒を飲むとしてくれて、さっきみたいに、

「たい平、たい平」

なんて言って、

「秩父で初めてギターを弾けるようになったのは俺だぞ！」（笑）

なんて言いながらね、『秩父蚕糸《さんし》』って生糸をとる蚕糸工場があってね。養蚕が盛んでしたから、……荒川の河川敷でギターを弾いていると、女子工員さんが20人ぐらい集まってきて、「凄くモテてたんだ」っていう話をしてくださったりしてね。

もっともっと話をしたかったんですけども、なかなかそれは叶うことがありませんでした。長生きを、皆、師匠方もしてくださりますすんでね。それは嬉しいことなんですけども、……フェードアウトするのは悲しいですね。「あれ？　師匠どうしたかな？」と思うと、風の便りで、「施設に入ってるよ」とかね。

前はね。太く短くではないですけどもね、ある日突然、「えっ！　昨日まで元気だったのに？」っていうようなお別れの仕方でした。それがちょっとフェードアウトしていくのが、寂しい。そんなことになりまして、木久扇師匠には、本当

に長生きしてずっと元気でいてほしいですね。

木久扇師匠で思い出したんですけど、最近、体温を測る機器……、近づいて頭型のところに顔をピッタリ合わせると、体温を測る奴があるでしょう? あれね、皆さんは知らされてないだけで、体温以外のことも全部、あれ分かっちゃうんですよ。怖いっすよ、あれ。知らないでしょう? そういうのね、誰も言わないんですよ。

体温だけ測っているようなふりしているけれども、顔近づけてる段階で、顔は分かるでしょう。このあいだ、木久扇師匠があそこの画面に顔を近づけたら、体温以外のこともちゃんと分かっているんですよ。

「……体温は、正常です」

って、言われて（爆笑・拍手）。……ちょっと2階席の皆さん、ぼんやりしています。大丈夫ですか? 「体温が」じゃなくて、「体温は」（笑）。だから、他の異常は、ちゃんと分かっている（笑）。そのあと、小遊三師匠が顔を近づけたら、「顔を近づけてください」って（爆笑）、何度も言われていました。顔じゃなくてお尻だって分かるんですよ。

浅草演芸ホールで10日間トリをとらせていただきました。ちょっと前まではね、楽屋に居られない。もう、自分の高座が終わったら、帰りましょうね。密になるといけないので、10分前ぐらいに来て、終わったらすぐに帰ってください。ですから、楽屋に人が少ない状態で、ずっと演ってたんです。

それがね、緊急事態宣言が明けて、こないだ11月にトリをとったときには、若い人たちがね、最後まで残ってくれているんですよ。「あっ、そういうことか」と思ってね、もう1年、2年ずっと、それこそ一緒にお酒飲んだりご飯食べたり出来なかったでしょう？　もう我慢出来ないですね、やっぱり。だから残っているんですよ。「どうしようかな？」って。そういうのが密になるといけないから、いつも4人限定で、

「今日は、こっちの4人で行こう」

って、言って4人だけを誘って、結局、毎日10日間、わたしは飲みました。でも、なんかイイですね。若い人たちの発散の場所だったり、先輩の話を聞く場所というのがあること自体が、とても楽しいことだし、大切なことだなと思っています。お酒というのはね、人と人との縁を取り持つ、とても大切な潤滑油になっていると思いますね。

『猫の災難』へ続く

まさかの陽性反応と隔離生活

2022年2月13日　横浜にぎわい座
『天下たい平』Vol.107より

わたしもちょっとサボっておりましたので、今日は二席初めての落語を演ってみようかな?（笑）　そんなふうに、……今、さく平君、そしてあずみちゃんの高座を聴いて、「大丈夫だ。下手でもいいんだ」と（爆笑・拍手）。弟子から勇気をもらって、こちらに上がることが出来ました。

もう、本当に大変でしてね。正月は、「これでようやく元通りの暮らしに戻れるな」なんていうふうに、『浅草演芸ホール』に出ておりまして、浅草の賑わいを見ておりました。

「やっと、元の暮らしに戻れる」と思っていたら、このオミクロン［*1］という奴で、……いや、自分は、（コロナに）かからないと思っておりました。人一倍対策をしていたつもりなんですが、どこでうつったかも全く分かりませんでね。

［*1］オミクロン……新型コロナウィルスの変異株の名前。2021年末から2022年にかけてコロナの主流となった。

昇太兄さんも、ボクのちょっと前に陽性反応が出てしまった。で、昇太兄さんに陽性が出てしまったので、桂宮治君が『人生が変わる1分間の深イイ話』という番組に出たんですよ。

ゲストで宮治君のVTRを見ながら、『笑点』の司会者の昇太さんがコメントするゲストだったんです。ゲストの昇太兄さんに陽性が出てしまって、出られなくなったので、「代わりにたい平さんが出てください」って言われて、「イイですよ」って言ったら、「じゃぁ、前日に、PCR検査を受けてください」って言われてPCR検査を受けたら、ボクも陽性になってしまった（爆笑）。

それこそ鼻水垂らしたようなADのお兄ちゃんが、ボクの唾液を、

「さーせん、唾液くださぁい」（爆笑）

「ちょっと大丈夫かな?」と思いますでしょう?　タクシーに乗って局から来て、「唾液くださぁい」（笑）

「ああ、それに入れたらいいんですか?」

「これに入れて持って帰りますから……」

いつもPCR検査やっているんでね、唾液をとって……、

「これで良いですか、……あの、シールとか貼ったほうが良いんじゃないです

か？　ボクと分かるように……」
「ああ、大丈夫です。向こうに行って適当に貼りますから……」(爆笑)
「適当に貼られたら困るな」と思いながら、ボクの前で別にシールも貼らないで
ね、封印もしないで、そのまま局のほうに持っていった。夕方6時ぐらいに、そ
れを持っていって、で、9時にウチのマネージャーから凄く暗い声で、
「……師匠、陽性反応が出てしまいました」
　初めて聞いた言葉ですからね。なんていうんだろう？　寒気っていうのかな？
震えが止まらなくなっちゃって、「わぁー、遂にオレも陽性だ」と思いながら
ね。……あれ、なんか、陽性と陰性の使い方が不思議じゃないですか？
　陽性って、何かなぁ、明るい感じがするじゃないですか(爆笑・拍手)。違い
ます？　陰性だったら、「うわぁー、陰性だぁ」って、沈み込むことが出来るん
ですけど、「えっ、陽性ぃー♡」みたいな(爆笑)。でも、プラスで陽性？　どっ
ち？　みたいな。あれ逆にしたほうがイイですよね？　「陰性かぁ！」ってい
う、そういう落ち込み具合が、よく分からないじゃないすか？　陽性は、プラス
って書いてあるんですからね。
　本当に2時間ぐらいね、もう何にも手につかなくなっちゃって、……だけど、

待てよと、あの「唾液ください」って言った奴（爆笑）、何本集めたか分かりませんけれどもね。「あれ？　誰だったかなぁ、これぇ？」なんて言って（笑）、臭いなんか嗅いだって分かんないしね。みんなＰＣＲ検査のキットですから、「ようし、じゃぁ、これをたい平にしよう！」なんて言って（爆笑）、シール貼ってるかも知れないでしょう？　そんなのでね、仕事を10日間休んだら、迷惑かけちゃう。だって、全然元気なんですから。全然元気なのに、陽性って出て……。

「これ、まずいな」と思って、もう一度マネージャーに電話して、

「あれ、万が一ね、違う人のモノにボクの名前を貼り付けて、それで陽性が出ちゃったらかなわないから、オレ、直接そういうＰＣＲ検査センターに行くから……」

って、言って、ネットで予約をして、山手線沿線にある駅から徒歩1分ぐらいのところで、もうＰＣＲ検査しかしてないようなところですよ。

ＰＣＲ検査のセンターっていうか、民間でやってるところにネットで予約をして行ったら、皆、並んでいる訳ですよね。

行くと、個室になっていてそこに通されて、カーテンがかかっていて、そこは最短ね、最短15分。普通は大体1日半ぐらいかかったりするでしょう？　そこは最短

15分で結果が分かるっていう、そういうところです。３万円も、かかるんですよ（笑）。

　だけど、陽性でいる自分が嫌だから、もう早く検査の結果が出てほしいと思って、次の日、そこに行ったんです。最初のときは、唾液の検査。で、唾液よりは鼻腔の検査のほうが精度が高いんですって。２回目のＰＣＲは、鼻腔、鼻の奥に綿棒を突っ込むんですよ。あのゲートイン完了みたいに（爆笑）、10人ぐらいがパーテーションで仕切られた個室みたいなところに通って待ってると、いきなりガラガラって、ちっちゃいカーテンが開いて、で、ボクは田鹿っていうんですけれども、

「田鹿明さんですね？」

　と、言われて、

「はい、そうで……」

　クッと、もういきなり（爆笑）、……クッて。なんか、何だろうな、看護師さんって、ボクは凄く尊敬している仕事ですよ。

　大変な仕事でね。それこそ患者さんの世話もしなければいけないし、本当に大変な仕事で、憧れて看護師さんに一所懸命勉強してなる訳でしょう？　患者さん

に、「いつもありがとう。看護師さん」なんて言われて、「大丈夫ですよ。頑張りましょう」なんて言って、そういう仕事に就く勉強してたのが、このご時世になってから、毎回知らないオジさんの鼻の穴の中に綿棒を突っ込む（笑）、一日中ですよ。

朝の8時から夕方6時まで、ずっと知らない人の鼻に、綿棒を突っ込んでいるんですよ。でもね、やっぱりそれは人間だから、流れ作業になりますでしょう。別に、この人が陽性だろうが、陰性だろうが、関係ないですもん。オジさん、鼻毛がいっぱい……、オレなんかまだこういう仕事してますから、鼻毛の処理はちゃんとしていますけども、もうボーボーで、綿棒でとった奴が、みんな鼻毛でまた吸収されちゃうみたいな……（爆笑）、居るでしょう、絶対に。自動車の自動洗車みたいな（爆笑）、こういうブラシがいっぱい回っているみたいな（爆笑）。そういう鼻の穴の中の人も居るでしょう。綿棒を突っ込んだって、全部戻っちゃうような人が居るでしょう。

人生の中で、人の鼻の穴の中を、こんなに見るなんて夢にも思ってなかったでしょう。もうね、どっか流れ作業なんですよ。で、「田鹿明」で、クッとやられて（爆笑）、クッとやられて、「ウッ」ってなったら、もうそれで、

「はい、ちょっと待っていてください」

15分ぐらいしたら、

「陰性でした」

えっ？　ちょっと待って……。いやそれは嬉しいですよ。陰性証明書、「えっ!?　やった」と思って、「陰性だ」と思った。だけども、1回だけ鼻の穴をクッてやられただけなんで、ちょっと心配になっちゃって（笑）、2日後ぐらいが（月亭）方正［＊2］さんと秩父で二人会だったんですよ。

故郷に迷惑かけることも出来ないしね。こうやってお客さんにも迷惑かけることが出来ないんで、これもう一度だけ、3度目の正直で……。今は、「1勝1敗です」って言われて（笑）。そんな病院ないでしょう？　陰性証明書出た段階で、「いや、昨日やったら陽性だったんですよ。陰性でした」

「1勝1敗ですね」（爆笑）

「どうしたらいいんですか？」

「もう1勝必要です」（爆笑）

「もう1勝かぁ」と思いながら、日本テレビに相談してね。日本テレビの産業医さんに訊いて、そしたら病院を紹介してもらって、ちゃんとした病院に行ったたん

［＊2］月亭方正……吉本興業所属のお笑いタレント、山崎邦正として1990年代からテレビで活躍していたが、2008年月亭八方の下に弟子入りし、高座名を月亭方正。2013年に芸名も同名にし、以来落語を中心に活動している。

ですよ（爆笑・拍手）。ちゃんとした……、いや、いや、ちゃんとした病院ってのは語弊があるかも知れませんけども、いや、だって今までのPCR検査してるところは、先生の問診とかも特にないんですよ。もう、鼻の穴の中に突っ込むだけで、陽性になると先生から電話かかってくるんですよ。陰性の場合は、先生から電話がないんです。

でも内科の先生はちゃんと、検査を受ける前に、「最近、体調どうですか？」とか、いろいろ言われて、「じゃぁ、検査してください」って言われて、検査の結果も先生が電話をくださって、「大丈夫でしたよ」とか、「陽性でしたよ」とかっていうふうに言ってくれるんでね。その先生のところに行って、鼻の穴ね。やっていたら、もう、凄いすよ。なんか、この看護師さん、嫌なことがあったのかっていうぐらいに（爆笑）、「鼻の奥は、もうそこで行き止まりです」って言いたいぐらいで、もう20回ぐらいグリグリグリグリグリされちゃう（爆笑）。鼻の穴の中が、貫通するんじゃないかなというふうに（爆笑）、……それが陽性だったんですよ。

でもね、本当あのぐらい一所懸命やってくれたら、「もう、陽性だ」って諦めました。

2勝1敗になりました（笑）。そっから、自宅待機。最初の陽性反応が20日に出たので、10日間。で、ボクの自宅は中野区なんですけども、台東区の検査場は10日間、全然保健所からも連絡がなかった。まぁ、それぞれの区の対応によったり、保健所の忙しさによって、電話も出来ないぐらい忙しかったんでしょう。ボクは中野区で、その陽性反応が20日に出てから23日ぐらいに、保健所から夜7時ぐらいに電話がきた。「いやぁ、大変だなぁ」と、これ夜7時になってですよ。

保健所なんて普段大体6時ぐらいでおしまいでしょう。それが夜7時になって、若い女性の方から、凄く丁寧な電話があって、

「陽性反応が出て、現在どうですか？　熱はありますか？」

と、全部訊かれて、

「今は全然、何も症状が出てないんです」

「それはよかったです。ご家族は一緒にお住まいですか？」

「はい、5人家族です」

「それは、濃厚接触者になる可能性があるんですけれども」

「はぁ、そうですか……」

「何か、ご質問が？」

「あのー、仕事柄、ここ20日ぐらい、ほとんど家族と会ってないんですよ」（笑）
「そうですか、……食事とかは？」
「全く家族と食事してないんです」（笑）
「そうですか、……おトイレは？」
「事務所が1階にありまして、その事務所のトイレを使ってますんで、家族とは一緒のトイレは使っていません」
「洗面台は？」
「洗面台も1階にあるので。あの、……ですから、家族と20日ぐらい、ほとんどすれ違いなんですよ」（爆笑）
保健所の若い親切な女性が、
「……お気の毒ですね」（爆笑・拍手）
陽性になったのがお気の毒じゃなくて、家族と会えないことに、「お気の毒ですね」って言ってくださった。（笑）
「それは濃厚接触者じゃありません」
保健所の方から認定をいただいて。でも、家族は心配ですから、さく平も寄席に出ると、皆が心配しますんでね、ボクと一緒に10日間休んで、家族も家に居ました。

繋がりは、昇太兄さんがちょっと前に陽性になってずっと家に居て、自分の部屋に閉じこもっていますから、もう毎日、昇太兄さんとＬＩＮＥですよ（笑）。

もう女子高生よりも頻繁にＬＩＮＥ（爆笑）。見せたいぐらいですよ、オジさん同士のスタンプ。恥ずかしいですよ、62歳と57歳がスタンプ多用しまくって（笑）。普段なんかね、半日ぐらい全然既読にならないのに、すぐ既読です（爆笑）。送った途端既読で、即レスですよ。すぐ戻ってきてね、もう２人っきりの世界で、ずっと、

「今、宮治がＴＢＳラジオに出てるぞ」

「ボクも聴いてみる」

とかいうような、

「やったぁ！　オレのことは、宮治君が言ってくれた」

ったら、昇太兄さんが、

「俺のことは何も言ってくれなかった（爆笑）。ショック」

って、その手のスタンプとかが、送られてくる訳（笑）。そんなのを、ずっとやっていて、

「昇太兄さん、良かったね。結婚していて」

「本当だよ。本当に、今回だけは、『結婚して良かった』って実感した」

って、言っていました（笑）。

「部屋の前にご飯が置かれている」（笑）

「でも兄さん、気がついてないことがありますよ」

「なんだよ？『今、俺は結婚して幸せだ』って言ってんだろ？」

「いやだって、今、結婚して知らない人がお家に居るから、ちっちゃい部屋から出られないんでしょう？　誰も居なかったら、世田谷の豪邸の中、歩き放題なんですよ」（爆笑）

「お前、そういうことを気づかせんなよ！　カミさんを部屋に閉じ込めておけばイイのか？」（爆笑・拍手）

って、訳の分かんないことを……。でも、感謝していまして。

ボクも感謝しました。ねぇ、朝昼晩と3食運ばれてくる訳ですよ。

ドアの前に置いて、コンコンとやってね、

「食事、置いといたからね」

って、カミさんに言われて、

「どうも、ありがとう」

　ってね、カミさんが、ドンとドア閉めた音がすると、ガラガラって開けて、ご飯とって、全部、あの紙コップに、紙皿。

　でも家族のためにしょうがない。これはね、一番大切なことだから、家族感染させちゃいけないからね。そういうことも、ちゃんとやってくれて、全部がすぐに捨てられるモノで、スープとか、ボウルみたいな紙の奴があるでしょう？　ちょっと薄い奴。あれもそうだし、ちょっと発泡スチロールみたいになって、丼《どんぶり》みたいな奴もあるでしょう？　あれもね、全部この口のところに、上手く当たらなくて、あのままスープ飲むと全部横から、ジャァーッて（爆笑）。もう少し口当たりを上手く考えてほしいですね。あの紙の奴は、暫く置いとくと、もうプニョプニョになっちゃって、緑を三角にして、この角からスープ飲まないと（爆笑）。

　でも、嬉しいじゃないですか？　それを食べ終わって、お盆を自分で消毒して、全部綺麗にして、カミさんが触ってはいけないから、全部両側を消毒して拭いて、お部屋の前に置いて、また閉めて、で、ＬＩＮＥで、「ご馳走様でした」って言うと（爆笑）、暫くして、これを下げに来てくれるんですよ。

　いや、昇太兄さんとＬＩＮＥで話していてね、

「小遊三さんの気持ちが、今回はよく分かった。独居房の暮らしっていうのは、こういうことだ」（爆笑・拍手）

凄く勉強になりました。

ボクの部屋はテレビないんで、毎日ラジオ……、ラジオがボクは大好きですから、一日中ラジオかけてですね、夜寝るときも……、暗くなるとね、凄く心細くなるんですよ。皆に迷惑かけてないかなとかね、仕事先に迷惑かけてないかなと、ドンドン気持ちがふさぎ込んでいって、ちょっと弱い人間だったら、ちょっと精神のダメージが残ってしまうぐらいに、ワーッてなるんですよ。なので、ボクはずっとラジオつけているんです。そうすると、人の声が聞こえてくるんでね。ニュースで、「あの人もかかっちゃった。あの人もかかっちゃった」みたいなね。「もう、しょうがないな。自分だけじゃないんだから、しょうがないな」って思いながら、でもずっと夜も寝ているときも、『ラジオ深夜便』[*3]をかけて、ずっと聴いているんですよ。

あと、そればっかりも退屈なので、娘がネットフリックス[*4]をね、見られるようにしてくれたので、ずっとネットフリックス見ていて、今57歳で、「こんなにアニメが面白い」ってことに今まで気がつかなかったですよ（笑）。あの

［＊3］『ラジオ深夜便』……NHKにて毎日放送される深夜放送番組。1990年にスタートした。以来時間帯や内容は多少の変遷はあるものの静かな人気番組として続いている。

［＊4］ネットフリックス……アメリカ発祥の有料動画配信サービスのこと。現在は映画やドラマ、アニメやスポーツなど多種の動画コンテンツを配信している。

［＊5］『少年マガジン』……1959年に創刊された講談社の週刊少年漫画誌。1960年代には『巨人の星』や『あしたのジョー』などの大ヒット作を生んだ。

ね、皆さんね、ボクね、子供の頃から漫画本とか『少年マガジン』［*5］だとか、『少年ジャンプ』［*6］とか読んでいる友達が居ましたけど、ボクは一切そういうのに興味なかったです。

ゲームも一切、だから今も、何にも興味がない。インベーダーゲームを一瞬やっただけで、漫画とかアニメも一切興味がない。それはね、ボクたち子供の頃ね、『ムーミン』［*7］だとかね、『タイガーマスク』［*8］だとかね、そういう皆が見ているものは見ていますよ。だけど、そこから先に一歩進まなかったんですよ。それが、ネットフリックスでアニメを見て、……号泣ですよ、毎日（笑）。

アニメってやっぱりね、実写よりも夢を語れる訳ですよね、作者が。青春だとかね、仲間だとかね。スポーツの素晴らしさみたいなのをね。凄い突き刺さる言葉がとってもたくさん入っているんですよ。もうそれ見て感動して、見続けて、『弱虫ペダル』［*9］も全部見終わって（笑）、サイクリングの自転車の競技の奴です。最初、ママチャリで来た男の子が、「君イケるんじゃないか?」って言われて、インターハイに出るぐらいになるっていう、そういうチームワークの話なんですけど、それも見終わっちゃって。今、『ツルネ』［*10］っていう弓道部の漫画も見ちゃって、今、一番やりたいのは、中野哲学堂の弓道場に入会をすること

［＊6］『少年ジャンプ』……1968年に創刊された集英社の週刊少年漫画誌。『こちら葛飾区亀有公園前派出所』『キャプテン翼』や『ドラゴンボール』『SLAM DUNK』などなど数々のヒット作を生み出した。

［＊7］『ムーミン』……フィンランド人作家トーベ・ヤンソン創作による妖精のような架空の存在〝ムーミントロール〟の略称。小説、絵本を始めとして膨大な量の物語がある。

［＊8］『タイガーマスク』……1968年から1971年に発表された少年漫画。原作・梶原一騎、作画・辻なおき、連載は『ぼくら』から『週刊少年マガジン』へと移りながら掲載された。孤児院出身のプロレスラー

（爆笑）。で、昨日、サイクリング、自転車を買うための本も買いまして（笑）、今は弓道の弓を背負って、サイクリングで（爆笑・拍手）。中野哲学堂まで行こうという（笑）。それだけ本当にね、「凄い力を与えてくれるアニメって凄いな」と思ってね。

出所する当日に（爆笑）、最後に見たのは、『ドラえもん』［＊11］ですよ。『STAND BY ME』［＊12］、もう号泣して、「ああ、良かったな」って、「ようやくここから出られるようになった」って言ってね。11日目の朝、ボクは1階ですから、2階で家族が待っていると思って、「おはよう！」ったら、誰も居なくて（爆笑）、結局また濃厚接触者が居ない生活が始まって、特にやることないですよ、ねぇ？　10日分、迷惑かけちゃいけないから、自分の洗濯物も全部ランドリーの袋の中に入れて、10日分を自分で全部洗濯して、屋上のメダカに餌やって（笑）、亀に餌やって、一通り全部用事済ませて、何したかっていうと、またその狭い部屋に戻ってじっとしていた（爆笑）。そこに居ることの習慣がついちゃって、そこから出るのが怖いっていうか、そこが一番落ち着く空間になっちゃっていて、またガラガラっと閉めて、アニメ見たりするんですけど、今も9時に寝ていますよ。

伊達直人が本名を隠し悪役タイガーマスクとなって活躍しながら孤児院を援助する。

［＊9］『弱虫ペダル』……渡辺航・作の少年漫画。週刊少年チャンピオンにて2008年から連載開始。アニメオタクの高校生・小野田坂道がひょんなことから自転車競技の魅力に目覚め、才能を開花させて行く。

［＊10］『ツルネ』……『ツルネ―風舞高校弓道部―』は綾野ことこ作のライトノベル。イラストは森本ちなつで2016年から刊行。2018年テレビアニメ化され、2022年には『劇場版ツルネ―はじまりの一射―』が公開された。弓道に魅せられた鳴宮湊、一度は諦

コロナという病は要らないものを整理させてくれる病気でもあるし、分断する……、人と人との縁をドンドン引き離していくような病気なんだけども、人間の強さって、やっぱりそこを、「負けてなるもんか」ってかね。逆に引き離されれば、離されるほど、「引き離されてたまるもんか」っていうね。そういうところが、人間の知恵のような気がしますね。

もう、2月の豆まきが終わって、今度。家族と会うのは……(笑)、雛祭りですかね?(爆笑) 雛人形も、毎回ボクが飾って、3月の4日には、娘の結婚が遅れたらいけないので、もう4日には綺麗に片付けて、でも、最近なんかもう、片付けたくなくなる気持ちもありますよね。

なんか娘に家に居てほしいような、ほしくないような気持ちもあるけれども、でもやっぱり季節の中での行事ですからね。3月の4日には、お雛様を綺麗に片付けて、……これ綺麗に片付けるんですよ。これは前も言ったかも知れませんが、山田邦子さんにずっと以前ラジオやったときに言われて、

「ねえ、たい平ちゃん、雛人形ね、綺麗に仕舞うのよ」

「はい、娘のためですか?」

「いや、そうじゃない。1年に1回しか会わないでしょ、雛人形。仕舞った自分

めかけた弓道だが新たな出会いを機に再挑戦して行く物語。

[*11]『ドラえもん』……藤子・F・不二雄作による楽しく哲学的なSF漫画。1969年から小学館の学習誌にて連載開始。未来から来たネコ型ロボット〝ドラえもん〟の不思議な力を借りつつ小学生のび太は小さな驚きに満ちた日々を過ごしてゆく。

[*12]『STAND BY ME』……2014年公開の映画『STAND BY ME ドラえもん』のこと。山崎貴監督・脚本による3DCG作品。2020年に『STAND BY ME ドラえもん 2』も公開された。

に、来年、自分が会うのよ。心の中が荒《すさ》んで居たり、イライラしてたりしたら、適当に中に仕舞っているでしょう。そうすると1年経って、アナタが去年の嫌な自分に会うことになる。だから、きっちり綺麗に片付けてあげる。そうするとまた来年、去年の素敵なアナタに会えるから」

そんなことを言ってもらってね。ですから綺麗にきっちり片付けていますが、何かちょっと切ないですね、お雛様を片付けるときって。やっていますか、顔のところにティッシュペーパーを折ってね、で、こよりを作って、それで目隠しして、家《ウチ》はお雛様の2人が向き合う形で、親王飾りですから、入ってて、もうキスできる距離感なのにずっと目隠しされている（爆笑）。

ちょっとドキドキしませんか?（爆笑） 1年経って開けたときにねぇ、解かれていたりして（爆笑）。「何か、あったのか?」と思いますよね（笑）。

『人形買い』へ続く

曖昧なイイ言葉

2022年2月13日　横浜にぎわい座
『天下たい平』Vol．107より

全員お戻りでございますか？　お隣を確認していただいて、……45分間も喋っていましたね（笑）。久しぶりに足が痺れましたけど、立ち上がることが出来ました（爆笑）。

やっぱり人との会話に飢えていると申しますかね、話したいことも、さっき言ったみたいにLINEだと、それほど長文でという訳にはまいりませんからね。長く喋りたい。……かといって電話でというのもね、相手の様子が分かりませんから、今、こんな長電話していて、イイのかな？　なんていう気も遣ってしまいます。

やっぱり喋りたいっていう気持ちが、凄くあるんでしょうね。ずっと昇太兄さんとLINEやっていたり、家族とLINEのやり取りをしていて、今日の朝ラジオでも言ったんですけども、世の中が変わりつつある中で、一番何か変わるのは、他愛のない日常の消えていってしまう会話が、ＬＩＮＥとかＳＮＳの中にずっと残り続けるんだなっていうのはね、ちょっと不思議な感覚でした。

もう10年以上前ですかね、『課外授業　ようこそ先輩』[＊1]っていう番組で、秩父のボクの母校、『花の木小学校』というところの6年生と、何気ない日常の会話を思い出して、そこから短い会話の中に、どんな感情のお兄ちゃんとの会話なのか、お父さんとの会話なのか、お母さんとの会話なのか、ある日の会話を思い出して、そこを切り取って、そこにどういう感情が渦巻いてその会話が成立しているのかを考えようなんていう、……多分そんな授業だったと思うんですけども、それは消え去る会話の中ですよね。

だから思い出の中で記憶の糸をぐっと引っ張り寄せて、そこから、またそのときの感情に出会うというような、そういう行為だったんですけども。まぁ、今はねぇ、家族のＬＩＮＥの中の会話をね、特に子供たちとの会話を消してしまうとね、……なんだろう？　もうそこのところに戻れないような不思議な感覚があります。あんなものが無ければね、記憶の中、心の中にたくさん残っていた筈なのに、ああやって形になって残ると、それを消すことによって、全部が消えてなく

[＊1]『課外授業　ようこそ先輩』……ＮＨＫ総合テレビにて１９９８年からスタートした番組。各界の著名人が自らの母校を訪れ、教科書にはない個性的な授業を展開するというもの。２０１６年に番組が終了するまで約６００人の著名人が母校の教壇に立った。

なるようなね。そんな不思議な感覚がしますよ。

写真もそうでしょう？　昔はフィルムカメラでもって、数限られた枚数を撮って、それを後生大切にして、今も残っています。スマートフォンでバシャバシャ撮ってね、それが果たして見返すのかっていったら、「それもどうだろう？」と思いますよね。それとはちょっとまた違う意味でいうと、「おやすみ」だとか、「今日は、寒いね？」とか、そんな何気ない会話の中に、そういう感情の起伏みたいなものも残ってくる。それが果たしていいのか、悪いのか、分かりませんがね。不思議な時代に生きているなと、そんな感じを、ＬＩＮＥを使いながら自分で思っておりました。

もう一席あるんですよ（笑）。本当にお弟子さんたちに触発されて、「頑張らなきゃいけないな」と思ってね。どうやって噺に入ったらいいのか？（爆笑）ここに来て、なんか、あれでしょう？　かかりつけ医っていうことの大切さみたいな……、でもね、ボクだって埼玉の秩父から出てきてね、３、４回、５回ぐらい引っ越ししていますよ。こういう仕事しているとね、「良い先生とか、紹介してもらったり、知り合いが居るんでしょう？」って言うけれど、もう全然居ませんよ。

近所に、ウチの子供たちの同級生のお母さんがやっているお医者さんがあって、そこが出来たおかげで、そこはかかりつけ医なのかな？　内科の先生ですけれども。そういうのがようやく出来ましたけど、なかなか大変ですね。（客席から咳の音）……大丈夫ですか？（爆笑・拍手）……凄く敏感なんだな（爆笑）。ちょっと水を飲んだほうがイイっすよ。（咳をされたお客さんがペットボトルの水を飲む）そうそうそうそう、うん。大丈夫です。絶対コロナではないと思います。多分、……老化現象（爆笑・拍手）。ボクもそうなんで。完全に老化現象でね。ちょっと水飲むと、変なところに入っちゃってね。逆流で、「ゴフォ！　ゴフォ！」って、止まらなくなるんでね。大丈夫ですよ。のんびりやってくださいね。

何の話するんだっけな？（爆笑）　あのね、この不思議な緊張感はね、多分皆さんが分からない緊張感。もうね、落語に入っちゃうとね、止めることが出来ないんですよ。分かりますでしょう。今、ボクの中でカーリングのシンキングタイムの持ち時間がどんどん経過してる感じで（爆笑）、もうあと2分ぐらいで、投げないと間に合わないみたいな。そういう、今、追い詰められている状況（……笑）。

今は、それこそ国家試験とかいろいろとあってね。お医者さんになるの大変じゃないですか？　こないだ、またそんなので若き高校生（東京大学前刺傷事件［＊2］）が、もう人生それだけじゃないと思うんだけども、周りからそういうふうにね、「医者になるんだ。医者になるんだ」みたいな、そんな、神童みたいな子なんでしょう？　小さい町の中ではね。だったら、皆がお医者さんになるとか、親がお医者さんだとか、そういうプレッシャーの中で、医学部に行かなきゃいけないなんていう。そういうところで何かもっと自由にね、そっから一気に舵を面舵いっぱいで切ってね、落語家になるとか（爆笑）、そっちのほうがよっぽどね、挑戦ですよね。お医者さんで食べられるようになるの大変でしょうけれども、そちらに舵を切れるぐらいの余裕を作ってあげるのは、ボクたち大人の仕事だと思うんです。

ちょっと前ですよ、3百年とか、2百年前ぐらいだったら、国家試験なんかなかったですからね。お医者さんなんて自分で、「医者です」って言ったら、もう医者になってた訳でしょう。そういうところの曖昧さのほうが、イイのか？　もうしっかりとした科学的なデータがあって、そして全てそういうものを学んだ人がやってくれることがイイのか？　よく分からないですよね。昔は、試験がない

［＊2］「東京大学前刺傷事件」……2022年1月15日。文京区の東京大学農学部正門前で17歳の高校生が3人に刃物で背中を切りつけた事件。刺されたのは大学入学共通テストの受験生男女2人と70代の男性でいずれも命に別状はなかった。犯人の高校生は現行犯逮捕された。

から、親がお医者さんやってたら、そのまま親が使った道具なんか残っていますから、どっか大工さんと同じでね。

「メスがあるから、やるか?」みたいな(笑)。で、やって、お医者さんを開業してやっていると、

「なんだろうなぁ? 病人しか来ないなぁ?」

って、訳の分からないことになってね(爆笑)。医者ですからね、元気な人は行かないですけども、そんな不平不満が出たりして、なんか曖昧さがイイですよね。

手遅れ医者なんていう……。〝手遅れ〟イイ言葉なんです。だからさっき言った曖昧っていう中ではね、「もう、手遅れです」って言っときゃイイんですよ。

「あ〜、ちょっと手遅れですね」

「手遅れか……」

で、まぁ、そのままね、自然の流れに身を任せていて、亡くなっちゃったなぁと思うと、

「あの先生、やっぱり手遅れって言っていたもんな。先生は名医なんだな」

と思う訳ですよ(笑)。同じような状況の中でもね、

「手遅れですね」

って、言って、

「でも、とりあえずやるだけのことはやりましょう」

って、言って元気になっちゃったら、「あの先生は名医ですね」ってことになる訳ですよ（笑）。

凄い曖昧なイイ言葉なんですよ。でもね、こればっかりやっているとね、失敗する人も居るんですよ。

「どうですかね？　先生」

「あまり大きな声を出さないように、……手遅れですね」

「いや、手遅れじゃないですよ！　今、屋根から落ちて連れてきたんだから！」

「いや、……落ちる前に連れてこないとね」（爆笑）

何だかよく分からない。

『代脈』へ続く

独裁者は、恐妻家であってほしい

2022年4月10日　横浜にぎわい座
『天下たい平』Vol.108より

（青い着物に黄色の羽織姿で、登場。出囃子はウクライナ国歌）

ご来場誠にありがとうございます。いつもと違って、まずはわたしがご挨拶ということになります。見ていただいてお分かりの通り、ウクライナ［＊1］の国旗の色で（笑）、今日は登場いたしました。野暮だということは分かりきった上でございます。歌手ですとか、コンサートですとかは、声高々に「戦争反対」というふうに言って、またそれはそれで凄く一体感が生まれる。こういうお笑いのところでは、「そういうものは、どうなのかな？」と思いましたけれども、元々が野暮な人間ですので、あえて今日はこうやって、まずはご挨拶をさせていただきました。

［＊1］ウクライナ……1991年、ソビエト連邦崩壊に伴い独立したが、2014年ロシアのプーチン政権はクリミアなどを併合しドンバス地域の領土侵食を始める。そして2022年ついにロシアによる本格的なウクライナ領土侵攻が開始された。

毎日幸せに暮らせる……、本当にありがたさというのを実感している中で、あやって、まさかこの21世紀に百年前の戦争が起こるとは、夢にも思っておりませんでした。幸せに普通に暮らしていた人たちが、1人のアタオカな独裁者によって、世の中が変わってしまう、人生が変わってしまうのかなぁ。

……ろくでもない名前ですよね？ なんか。洟かみながら、オナラしちゃったみたいな（爆笑）。いや本当に、1人のちょっとアタオカな人の、その1人の人間によって、あんなにたくさんの皆さんが、辛い思いをする、命が絶たれる。子供たちの命を奪われる。「こんなことがあっていいのかな？」と思いながら、また、1人の独裁を止めることが出来ない、もどかしさと申しますかね。

今、恩田えり師匠［＊2］に、『ウクライナは滅びず』［＊3］という国歌を、三味線で弾いてもらいました。多分、何となく、皆が思っているんですよね。

「何か出来ないだろうか？」

そんな中で、別にボクは、今日はこういうふうに演るつもりはなかったんですけども、

「えりちゃん、出囃子はどうしようか？」

って、言ったら、

［＊2］恩田えり師匠……落語協会所属の寄席囃子の師匠。演奏できるレパートリーも幅広く、林家たい平のにぎわい座公演はほぼ恩田えり師匠が弾いている。著書に『お囃子えりちゃん寄席ばなし』がある。

［＊3］『ウクライナは滅びず』……1862年にパヴロ・チュビンスキーが作詞をし、1863年ミハイロ・ヴェルビツキーが作曲した。当時ウクライナの文化運動が活発化した中で生まれた曲。この頃にもロシア帝国の弾圧があった模様だ。

「あのう……、ウクライナ国歌を、私弾けます」

って、言ってね。多分、「何か三味線で、私は出来ることがないだろうか？誰からもリクエストがなかったら、そのままで終わってしまうけれども、ウクライナの国歌を自分が演奏出来るようになることで、何か平和のメッセージなり、自分の意思表示が出来る」そんなふうに思って、えりちゃんはお稽古していたんだなと思います。

今日は、同じような思いが重なって、こんなことになりました。この着物は、ウクライナのために作った訳ではございません（笑）。これは、『ドラ落語』[＊4]を演ったときに、ドラえもんの色で作った着物がありまして、真打になったときに黄色い羽織を作りまして、「あ、そうだ！」と思って、なんか最初はきっと、「ふなっしー[＊5]かな？」と（爆笑）、皆さん思ったかも知れません。

まぁ、ちょっと離れたところなので、……実感がないですけれども、一日も早く侵略戦争が終わって、またウクライナの人が故郷へ戻ってね。普通に暮らしていたお家とかを、バンバン壊す権利が、プーチンにあるんだろうかと思いました。あれ、プーチンに全部払ってもらいたいですよね。本当に、そう思います。

もっとなんかね、独裁者みたいな怖い奥さんが居ないんすかね？　なんか凄く

［＊4］『ドラ落語』……2010年、林家たい平が『ドラえもん』の原作を元に落語を作り上げ、高座で演じた。これを映像化したDVDがポニーキャニオンから発売された。

［＊5］ふなっしー……おなじみのあの船橋市非公認ご当地キャラクターのこと。たい平がこの〝ふなっしー〟の声真似と共に横へ向かって飛ぶパターンが爆笑を呼んだ。

怒る奥さんが居たら、絶対出来ないと思うんですよ。

「あんたぁ！　何やってんの？　あんたぁ？（爆笑）ウチ、ガス売って商売してんのよ！　お客さん買ってくれなくなっちゃうじゃない！　バカなんじゃないの？」

なんて、そのぐらいの奥さんが居ればね、

「御免なさい。もう、やめます」

なんていうことに、きっとなるんですよ。多分ね、奥さんの力っていうか、女性の力って、やっぱり戦争反対して、戦争をやめさせる力がある。男はダメなんですよ。

こうやって笑って、本当に毎日お花見が出来て、集まって笑っていられることの幸せを、今日は感じながら、一所懸命務めます。前方［*6］でこんな話をしてしまって、「笑いに来たのにな」と思ってらっしゃる方に大変申し訳なく思いますが、今日、この日、またここに集まったということも、何かの縁というか、この日、このときでございます。

前回のときには、戦争なんて世の中にあり得ないと思っていた。あり得ないと思っていた筈のものが、起きてしまって、惨たらしい侵略戦争は今まだ続いてい

［＊6］前方（まえかた）……落語界では通例真打の前に出演する前座や二ツ目の出番を指す場合が多い。ただこの日は都合で最初にたい平が上がりご挨拶をした。

る。そういうときに、ここに皆で集って笑う。笑うことは、平和に通じることでございます。

今日は大いにお楽しみいただいて、平和なこの日本に生まれていることを実感しながら、そしてこの平和を、また平和でない国に笑いという大きな武器で、一日も早く平和になることを皆で届けようではありませんか。それでは、開演いたします。

『オープニングトーク』より

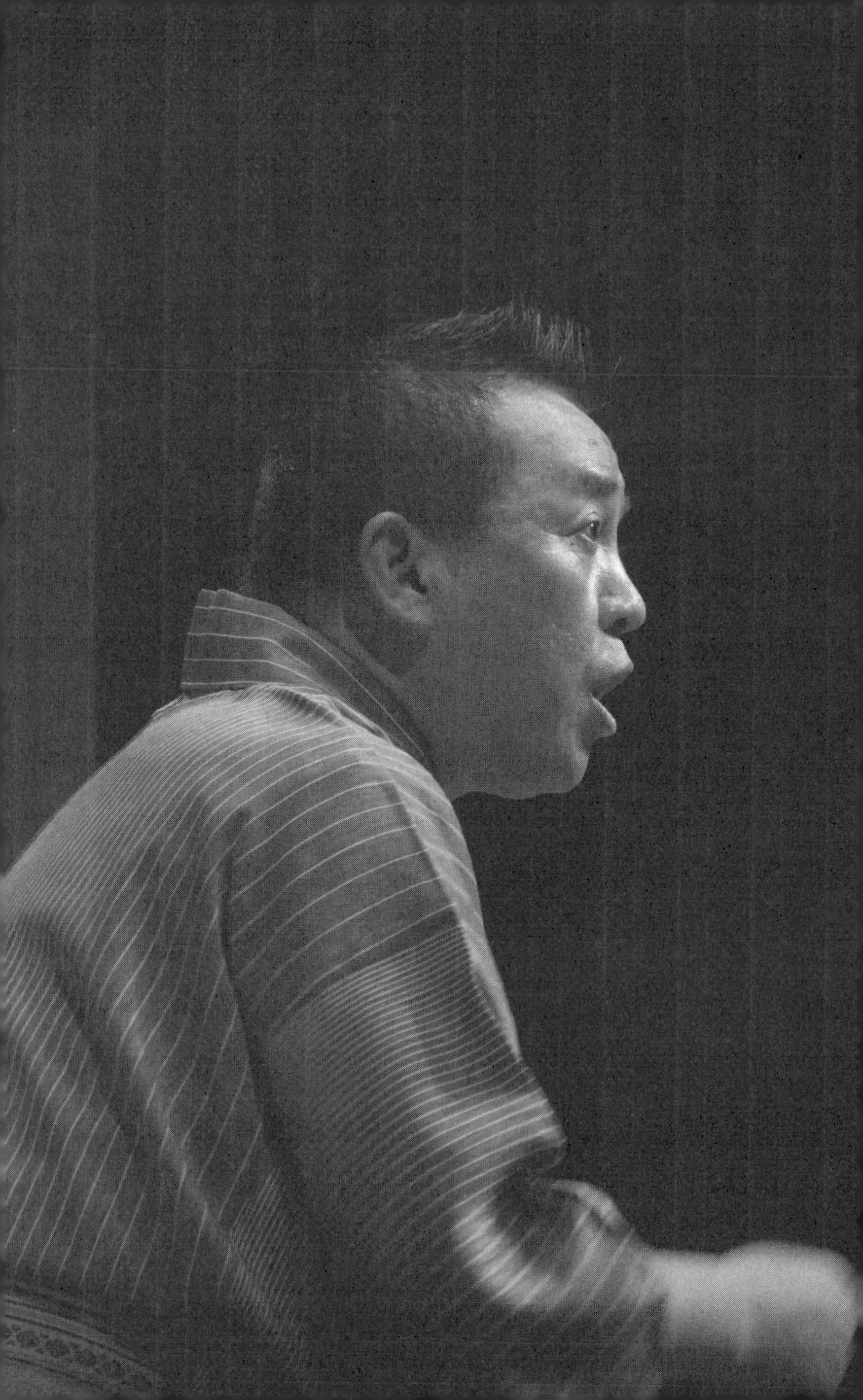

子育て、弟子育て

2022年4月10日　横浜にぎわい座
『天下たい平』Vol．108より

『笑点』のほうは、相変わらず逼迫した状態でございます。六代目円楽師匠が、「8月までに帰る」という強い信念で、現在リハビリ中でございまして、皆さんも楽しみにしていただきたい。円楽師匠が出る予定の会というのが、もう本当にお忙しい方でしたから、たくさんあるんですね。

独演会は中止になってしまうんですけれども、何人かで落語会を開いている場合には、中止には出来ませんので、どうするかというと、『笑点』メンバーが代わりに行っているんです。やっぱり『笑点』の師匠の代演には、『笑点』メンバーが行くと納得してくださるお客様も居るので、

「『笑点』メンバーで、この日なんですけど？」

って、言うと、「あっ、俺空いてるよ。その日は空いてるよ」っていうふう

に、手を挙げて円楽師匠の代演で行っているんです。

こないだ（三遊亭）好楽師匠が、「全部、空いてるよ」って（爆笑）、円楽師匠のマネージャーに言ったら、「あ……、ありがとうございます。大丈夫です」って言われていました（爆笑）。何が大丈夫なのかよく分からないんですよ。

どれぐらい『笑点』が逼迫しているか？　ボクはレギュラーというか、普通に、元々入っていた岡山での落語会でした。文珍師匠と、わたしと、円楽師匠が入っている予定だったんですが、円楽師匠が倒れてしまったので、代演が黄色いオジさんでした（笑）。何度も言いますけども、どれほど、今、『笑点』が逼迫しているか？（爆笑）

いいですか？　病人の代わりに、怪我人ですからね（爆笑）。「大変なんだな」と思っていただけると幸いです。また怪我人もね、あれタダのバカじゃないんですよ（笑）。少しずつね、凄く少しずつ、ミリ単位で学習する師匠なんですよ。今ね、椅子に座って『笑点』に出ているでしょう？

実は、もうほぼ治っているんですよ（笑）。だけど、学習しちゃったんです、椅子のほうが楽だっていうこと（爆笑）。だから、ずっと治ってないふりしているだけなんですよ。

こないだ収録が始まるのに、木久扇師匠だけ居ないので捜していたら、トイレから出てきて、

「師匠、もう始まりますよ！」

って、言ったら、

「いっけねぇ」

って、言って走ってきたんですよ（爆笑）。

「あれ？　杖は？」

って、言ったら、

「いっけねぇ」

また言って、走って戻ってったんですよ。それで杖ついて、片足を引きずりながらね、学習しているんですね、少しずつ何か。ミトコンドリアぐらい学習しているんですよ。

もうすぐ「こどもの日」でしょう。長男とか長女を育てるときって、結構大変じゃないですか？　人生で初めての経験だから。2人目の子供とかだとね、その経験値の中でしていけばイイんですけども、全部が初めてなので、どうしていいか分からないし、ちゃんとしないと間違った道に進むんじゃないかと思って、最

初の子供って難しいでしょう？　一番弟子のあずみちゃんが、落語家としての最初の子供だったんですよ。

　だから一所懸命、厳しくまっすぐ、まっすぐ、まっすぐ進んでいくように、厳しくしちゃったんです。それはボクが大師匠の家でそうされていたことしか、あずみちゃんには出来ないから……。で、あれが入ってきて、息子が、今度、弟子になるってことも初めてでしょう？

　もう毎回初めてづくしです。人生なんて、皆そうですけどね。あずみちゃんには厳しかったから、ボクも、「息子に甘い」って言われちゃいけないから、息子にも厳しくしようと思って、最初の頃に厳しくしていたんです。そしたらなんか、息子がネットで病院にかかっていて、急にアレルギー体質になっちゃって、お医者さんと何か話していて、ボクはたまたま聞いたら、

「落語家になってから、急にアレルギーが出ちゃって」（爆笑）

「あれ？」って思って聞いていたら、

「そうですか、何か厳しいんですか？」

「結構、辛いんです」

　って、言うのを聞いて、「アレルギーに、ボクがさせちゃったのかな」と思い

ながら。でね、少し考えたんすよ。木久蔵君に相談したんですよ（笑）。お互いに二代目だからね。

「木久ちゃんは、お父さんにどういうふうにされた？」

って、言ったら、

「あぁ、パパですか？」（爆笑・拍手）

って、言って。「パパ」って、言っているんだと思いながら、

「師匠って呼ばないんだ？」

「あぁ、パパァ〜。僕が弟子になったときに、パパが言いました。別に人間国宝になるものじゃないから〜、大体でイイんじゃないかなって」（爆笑）

そうか……、そうなんだ。ほら、歌舞伎の世界はね、「型」があるから厳しく仕込んでね、その「型」を踏襲させなくちゃいけないでしょう？　でも、もうね、二代目とか、三代目とかって、落語家は、もうそんなことを言わないほうがイイですよ。もう全部、初代。ね？　もう全部、最初。こんなもう「型」の踏襲なんてないんだから、もうボクはボクで、おしまい。で、さく平は、さく平でおしまいだから、ボクのものをグッとやったって、……だって、落語家にはなりたかったけど、ボクになりたかったかどうかは、分からない。

そしたらボクがその型にはめるよりは、もう自由に、もう全部自分で吸収して、自分というものを作ったほうがイイんじゃないかと思って……。だから甘やかしているんじゃなくて、この落語界に放流したんですよ（笑）。そこで、自分で泳いで、大海原に出て、また戻ってくれれば、また教えてあげるしイイんじゃないかなと思ってね。

それはね、ボクが大好きな野村克也監督の奥さんの野村沙知代《さちよ》さんがね、野村監督の息子さんね、今まだ楽天イーグルスに居るのかな。どっかに居てコーチやっているでしょう。あのときに沙知代さんね、あの克則《かつのり》君のときだけは、凄く良いことを言ったんですよ。

「あんなの、親なんか全然育ててないから。もう、いろんな人たちが、リトルリーグだとか、いろんな人たちが寄ってたかって、彼を育ててくれた。そんなもんじゃないの?」

って。そうか、だからもう、伸び伸びでイイんですね。

何の話をしていたかと申しますと、そんなね、長男が生まれたときに、仙台のお義父さんが喜んでくれてね、孫が生まれたっていうので、……大体田舎だとね、そのぐらいが普通なんでしょう。またちょっと小さいほうなんでしょう。10

メートルのポールの「鯉のぼり」を送ってきたんですよ。10メートルのポールって、結構、高いんですよ。中野に住んでいるんですよ。普通の住宅街。それも借家ですよ。大家さんの家の敷地の中に、凄いちっちゃいプレハブみたいな2階建てが建っていて、大家さんの家《うち》の敷地なんですよ。

そんなのは知らないから、仙台のお義父さんが10メートルのポールで、もの凄い鯉のぼりを送ってきちゃって……。でもね、孫を想う心ってやっぱり大切じゃないですか？　だけど借家でしょう。

もうね、覚悟決めたんですよ。夜2時ぐらいから、大家さんの家の電気が消えてから、大家さんの家の庭をシャベルで掘り始めて（爆笑）、倒れちゃいけないから1メートルぐらい掘って。で、朝、大家さんが玄関を開けたら、10メートルのポールで鯉のぼりが泳いでいたんです。

怒られるかなと思ったら、ピンポンしてきて、

「たい平君！」

「……すいません」

「……この東京でね、あんなに大きな鯉のぼりを見られると思わなかった」（笑）

もうホッとして、「怒られなくてよかった」と思って、その3日後から近所の

幼稚園、保育園の子供たちの散歩コースが変更になって（爆笑）、保育園とか、幼稚園の何人もの子供たちが先生に連れられて、大きな鯉のぼりを見に来るんですよ。

それからというもの、毎年欠かさず、ポールを立てて……。最近、そんな大きな鯉のぼりなんかね、東京の中で見られないですよ。ベランダであげたって1メートルぐらいの鯉のぼりでしょう？　それがもの凄い鯉のぼりが泳いでいるんです。

まだまだ都会にも人情があるなっていうかね、海老名のオカミさん［*1］にも、さく平が生まれたときに、鍾馗様《しょうき》［*2］の人形を買ってもらいました。こんな大きな鍾馗様の人形。こんな髭面でね。今は、鍾馗様って言ったって分からないですよね。

『五月幟』へ続く

［＊1］海老名のオカミさん……初代林家三平の御内儀さん。早世した三平の代わりにこん平が林家一門を率いたが、この御内儀さんが後ろからしっかりと支えた形だ。

［＊2］鍾馗様……中国の道教の神。江戸時代から端午の節句にその髭をたくわえた勇ましい姿を人形として飾り、病除けなどにする習慣が始まった。

席替えは、大変だ

2022年4月10日 横浜にぎわい座
『天下たい平』Vol．108より

楽屋に帰りましてからも、「甘やかしている訳ではない」という話を（爆笑）、ずっとあずみちゃんに話をしておりまして、「師匠、言い訳にしか聞こえませせん」と（笑）、15分間は針のむしろのような楽屋を過ごして（笑）、ここで少しホッとしているところでございます。

今もちょっとね、言い訳になるかも知れませんけど、昔なんてね、それこそ奉公でも、何でもそうでしょう。噺家だってね、中卒、それから、高校卒業、……まだまだね、大人として社会に出るための、その人間形成からまずしなくちゃいけなかったですよね。だから、掃除洗濯だとか、そういうものを修業の中で仕込んで、……ちゃんとした人間をね、社会人を作って、その上で落語っていうものだったんで、厳しい修業というのがあったんです。

今はもうね、社会に一度出て、落語家になるとか、大学を卒業して落語家になるとか、1人の人格を持って来ているんで、自分の中で判断出来るでしょう。これはやっちゃいけない、これは師匠に怒られるとかね。そういう中で、やっていけばいいんだ、……アッハッハッハ、何か言い訳して（爆笑・拍手）、そういう気持ちです（笑）。

『横浜にぎわい座』が20周年を迎えました。本当におめでとうございます（拍手）。そして、今、拍手をしていただいた皆さんがあっての『にぎわい座』です。本当にありがとうございます（拍手）。不景気というか、寄席が不景気な時代に、この『にぎわい座』というものが建ちました。

「新しくそういうものを作ったところで、お客さんが集まらないだろう」

「すぐに終わってしまうだろうな」

というのが大方の予想でございました。それが、最初の館長・玉置宏先生［*1］、それから二代目の館長の桂歌丸師匠［*2］、そして3代目が今、館長の布目さん［*3］でございまして。

ボクも何度か話しましたけども、最初の頃は3分の1も入りませんでした。ここで働いている方が、「たい平ちゃんを何とかしよう」というので、皆さん周り

［＊1］玉置宏先生……フリーアナウンサーとして名を馳せた玉置宏。『ロッテ歌のアルバム』での司会ぶりは特に有名だが落語にも造詣が深かった。2002年、横浜にぎわい座が開館し初代館長に就任した。2010年逝去。

［＊2］桂歌丸師匠……1951年五代目古今亭今輔に入門したが、紆余曲折ののち、四代目桂米丸門下へ移籍。米坊のち歌丸と改名。『笑点』では前身番組の『金曜夜席』の時代から大喜利メンバー。落語芸術協会の五代目会長を務め、のち横浜にぎわい座の二代目館長を2010年から務めた。2018年逝去。

の人に声をかけてくれて、少しずつ少しずつ、……5年ぐらいかかりましたかね。

こうやって毎回、毎回、お客さんが来ていただけるようになりました。ここで、2ヶ月に1回、今日は108回目だそうです。煩悩の数ですね（笑）。先ほどあずみちゃんが煩悩を吐き出しておりましたけども（爆笑）。

でもね、初代の館長・玉置宏先生に初めて会ったときには、もうね、「1週間のご無沙汰です」の玉置宏先生ですからね。「わぁー、玉置先生だ」と思って。で、玉置先生のニッポン放送の番組に、直接呼ばれた訳じゃなかったんですよ。誰かの代わりで、1日、ボクがパーソナリティをやっているときに、ラジオといえども噺家だからっていって、夏だったんで、浴衣を着てボクはパーソナリティを演ってたんです。

そこをたまたま玉置先生が通りかかって、

「良い、了見ですよ」

って、言って、お帰りになったんです。

「噺家としてね、良い了見です」

凄く素敵な発音で言ってくださった。そこから声をかけてくださって、

［＊3］館長の布目さん……布目英一。演芸評論家、演芸プロデューサー。長らく『月刊浪曲』の編集にも携わっていた。2019年から横浜にぎわい座の三代目館長を務めている。

「たい平君ね、自分のホームというものを持ったほうが良い。そこで、道場で、ずっと鍛えていかないとね。根無し草になるよ。だから、どうだい？　『にぎわい座』で、君、会を始めてみないかい？」

ってていうふうに声をかけていただいて、そして、お客さんに来ていただけるようになって、本当に玉置宏先生のおかげです。もう十数年前になりますでしょうか？　ここでずっと研鑽をしているというのが評価されて、芸術選奨文部科学大臣新人賞をもらったんですよ。

それも、やはりこの『にぎわい座』でという……、そして『にぎわい座』に毎回足を運んでくださるお客様が居たからこそ受賞出来たんです。ウチの林家一門で、落語で賞を獲った人は、誰も居ませんから（爆笑・拍手）。ですから、嬉しいですよ。本当にこの『にぎわい座』があってでございます。今回、布目館長から、

「20周年記念のエコバッグを作るんで、何か描いてくれない？」

って、言ってもらって、描きました。ちょっと恥ずかしい子供の絵のような……、でも、コンピュータで綺麗に描くのではなくて、いつもペンで、ブルブル震えるような感じですけども、温かみが伝わればなぁというので描きました。

ボクも、もう落語家生活が30年以上経ちまして、『笑点』も15年以上経ちました。ウチの師匠のね、あそこの席好きだったんです、実は。演りづらいのは、演りづらかったです、本当に。特に司会者が、小さくなってからね（爆笑）。全然見えないみたいでね、本当に指されなかったんですよ（笑）。さらにコロナの影響で、ギザギザの席順になったり、またはアクリル板があったりして、なかなか見えづらくて、もう指されない。

でも、あそこの一番端の席は、やっぱり師匠こん平が座ってた席ですから、そこにオレンジの着物を着て、ボクが座ることには必ず意味があると思って、演りづらいながらも楽しんでいたんです。でもね、危険もいっぱいですよ（笑）。山田さん［＊4］が、カッとなって飛び出してきて、ボクをバーンッて突き飛ばしてね。あるとき突き飛ばしたんです、山田さんが。そしたらね、突き飛ばしたら、自分の小指を骨折しちゃったんですよ（爆笑）。それで病院に行ってね、

「これ傷害罪で、訴えられますかね？」

って、お医者さんに訊いたら、お医者さんが、

「あなたが犯罪者ですよ。あなたが突き飛ばしたんですよ」（爆笑）

［＊4］山田さん……山田隆夫。『笑点』大喜利の座布団運び。ちびっ子大喜利出演がきっかけで人気となり〝ずうとるび〟としてレコードデビュー。1975年の紅白歌合戦にも出場した。1984年から座布団運びとなり現在に至る。

って、言われて、「そうか」って。なんかウチの師匠が、「受け継いでくれよ」とは言ってくれませんでしたけども、山田さんが居るところで答えの幅が広がりました。

最近はね、山田さんが、収録終わるとね、本番中ちょっかい出すでしょう、ボクが。ちょっかい出さない限り、山田さんほぼ出てこないですからね（笑）。最近、昇太兄さん、座布団くれないんで、もう山田さんめっきり出演回数少ないんですよ（笑）。ボクが言うと、山田さんが出てくるんで、最近は終わると、

「たい平君、ありがとうなぁ」

って、言ってお帰りいただいてます。もう大先輩じゃないですか、ねぇ？『ずうとるび』のときは尊敬していましたよ（笑）。今は、訊かないでください（爆笑）。ただその山田さんがね、この20周年の、今日の第１０８回『天下たい平』、意味が分からないんですけども、来てるんですよ。山田隆夫さんです。ありがとうございます。

（山田隆夫、登場。客席、拍手・歓声）

いや、そんな「オー」なんていうほどじゃないんですよ。大したもんじゃないですから、「オー」なんて言わなくてイイですよ。そうそう、ありがとうござい

ます。山田さんが、さっき楽屋に来てくれて、「出ようか?」って言うから、「いや、それは結構です」と(爆笑・拍手)、それはお断りしました。でも、本当にありがとうございます。ちょっと離れてね、宮治くんが、今、山田さんとの絡みを、ボクの奴を、こん平のものを継承してくれて、やはりもうなくてはならないものになりましたね。あそこの絡みがとてもアクセントになりますよ。司会者が居て、こっちは、こっちで、グッと盛り上がるんだけど、やっぱりこっちはね、何か疎外感があるんですよ(笑)。

そこに山田さんが居るとね、汚い髪の毛ですけども(爆笑)。「もう、何とかしてほしい」って、皆が思っているけど、でも山田さんが居ることで、あっちサイドは締まるんですよね。

だから本当に、皆で仲良くやっていこうかなと、そんなふうに思っております。真ん中に座ってから、だいぶ景色が変わりました。いや、ちょっとびっくりするぐらい景色が変わって、「同じ番組なんだろうか?」っていうぐらいに、景色が違うんですよ。

真面目に見ていると、凄く物事が冷静に判断出来るんですよ。「バカだなぁ」とかね(笑)。「好楽さん、まだ一度も答えてないよ」とか(笑)、真ん中はね。

高圧鉄塔みたいなもん。そういうのを、昇太兄さんに任せられて、昇太兄さんが拾いきれないものがありますから、ちょっと山の上に鉄塔があって、電線を真ん中で支えているみたいなもんですよ。

だからこっちで拾いきれないものは、ボクが隣の黄色いオジさんに突っ込んだり、好楽師匠を突っ込んだり、チームマカロンも結成しましたんで、ボクがね(爆笑)。だから、第二司会者みたいなもんですよ。そういうカタチで両方看なくちゃいけないっていう、ちょっと今までと全く景色が違うので、「どうやってやったらイイのかな?」と思いながらも、真ん中に座るっていうことは、とても凄いことですよ。

なので、頑張らなくちゃいけないなと。

57歳、まだまだ新しいことに挑戦しようと思っていて、この間、『ニンゲン観察バラエティ モニタリング』っていうのに出ました。ボクは見たことなかったので、どういう番組か?　よく分からなかったんですよ。

で、マネージャーから、元X JAPANのToshIさんのツインボーカルのもう1人のボーカルを探しているオーディションがあって、「師匠、出ませんか?」って言われたんで、「どうします?」って言われて、いや、それもう受か

らなくても、

「それ、ＴｏｓｈＩさんと会えるの？」

って、言ったら、

「多分、会えると思います。あの、２次審査まで通過すれば……」

って、言って、１次審査で、スピッツの『ロビンソン』だったかな、それを歌って。そしたら95点ぐらい出ちゃって、第２次審査に行って、第２次審査の、何かね、待合室みたいなところで、……何か、ちょっと不思議でね。

ウチのマネージャーとかが来て、普段そんなことは何も言わないのに、

「師匠、勝てるんじゃないですか？　他の人なんかよりも絶対……」

とか、言ってくるんですよ。

「いや、無理だよ。だって、皆、上手い人ばっかりだし、オレなんかは、大穴の当て馬だから。ただ、賑やかしだから。落語家が１人ぐらい居たら、イイだろうぐらいだから。オレなんて、絶対無理だよ」

って、

「いや、絶対なれますよ。言ったほうがイイですよ。自分でそうやって言わないと」

みたいな、なんかね、変に、オレを変なところへ誘導しようとしてるんですよ（爆笑）。

あとで考えたらモニタリングだったので、いろんな人間性みたいなのを引き出させて、「この人、言っていることと、やっていることが違う」みたいなことだったんでしょう。酷いですよね？（笑）　自分のところのタレントを、売ってるんですよ（笑）。だけどもうＴｏｓｈＩさんが来て、もうビックリですよね。

二十何年前に会ったことがあって、それっきりですから。で、ＴｏｓｈＩさんと歌うんですよ。……あいみょんの『マリーゴールド』（笑）。あいみょん自体を知りませんでしたからね（笑）。『マリーゴールド』を、一から歌って、今の歌は難しい。演歌じゃないもんね（爆笑）。半音上がっていくみたいなね。だから難しくて、ずっと歌っていて、……全員歌い終わって、で、ＴｏｓｈＩさんから「この中に、合格者がいます」って。で、「誰だ」って思ったら、ボクだったんですよ。ビックリなんですよ。それで今も進行中で、ＴｏｓｈＩさんが歌を考えてくれていて。チャレンジしてると、いろんなものが近づいてくるというか、面白いですよね。

最近、ロードバイクっていうんですか？　『弱虫ペダル』っていうアニメを見始めたら、自転車にはまっちゃって（笑）。「自転車、買おう」と思って、……あのね、皆さんね、『サイクルベースあさひ』とか、今、大型店舗あるじゃないすか、普通に。普通、自転車買いに行くと、例えば『島忠』に行ってもそうでしょう。「これ、ください」って言うと、「はい、どうぞ」って言って、ペダルだけ付けてくれて、そのまま乗って帰れるじゃないですか？

違うんですよね。そういうことから全く知らなかったんで、逆に面白かったです。知っています？　ロードバイクって、身長差が5センチ刻みぐらいでフレームが違うんですよ。「あ、これイイな」って、何軒か見て、「これ、ください」って言ったら、

「これは身長175センチなので、無理です」

と、言われて、「どういうことだ？」って思って、「今日納車出来ます」ってのがあって、「これ、ください」って言ったら、

「これは身長180センチ。180センチの方しか向いていないフレームなので、ダメです」

って、言って。

だからねぇ、ある意味出会いなんですよ。カタログで見て発注は、あるけれど

も、やっぱりフィーリングじゃないですか？　色がキレイとか、カッコイイとか、そういうもので買いたいけど、そういうもので選ぶと、……ボク、168センチですけども、……大体、自転車とかやってる人って、結構大きいでしょう。

特にね、フランスのフレームとかだと、外国人用だから、でっかいのしかないんですよ。で、ボクは168センチのは、ほぼ全滅。「もうダメだ」と思って、「どうしたらイイんですか？」って言ったら、

「1度ね、お金がかかりますけども、身体を測りましょう」

どのフレームが合うか、身体を測るんですよ。

手の長さ、右と左、これも違うし、脚の長さも違うし、さらにサドルの高さも必要とされるんで、……御徒町の『ワイズロード』っていう自転車専門店があって、そこに行って、ぶら下がり健康器みたいなのがあって、そこに裸足で乗って、身長もちゃんと測られて、座高も測られて、最後は、またの真ん中に鉄の棒があるんですよ（笑）。

鉄の棒があって、最初にお兄ちゃんが、自分の手でガチャガチャガチャガチャガチャッと上げていって、

「こっからは、油圧でジャッキアップします」

って、

「もうあの、つま先しか着かなくなったら『はい』って言ってください」

って、細い鉄の棒がガンガンガンガン（笑）、この股間を下からグァーッと押し上げて、

「うわぁーっ！　もう限界です」

って、それでサドルの高さを測るんですよ。

そんなのも知らないでしょう？　もう新鮮なことばっかりで、今、自転車乗って楽しいんですけども、このあいだ、行く宛てが無いんで、……東京は、特に怖い。青梅街道とか、ビュンビュン車通っているし、怖い。でも、小平にある母校の武蔵美《むさび》［＊5］まで行ってみようと思って、行き帰りで50キロぐらい。初めて少しロングライドで50キロ走ってきたんですよ。走ってきて、その夜、夜中にトイレに行きたくなって、トイレに行ったんですけど、トイレ行きたいのに、オシッコが出ないですよ。

なんか、……ビィ〜ンッってなっていて、出ないんですよ、オシッコが。「ヤベェ、なんかの病気かな？」と思っていたら、サドルがずっと50キロ尿道を刺激しすぎて（笑）、それ炎症を起こしていたらしい。


［＊5］武蔵美（むさび）……武蔵野美術大学の略称。林家たい平は同大学の造形学部視覚伝達デザイン学科を卒業した。現在は同大客員教授としても活躍している。

炎症で思い出しましたけどね。円楽師匠、復帰したら圓生を継ぐみたいです（爆笑）。だから、もう自転車に夢中です。明日はちょっと時間があるので、『たい平美術館』をゴールデンウィーク明けに秩父にオープンさせる予定で、今、展示の真っ最中で、『笑点』の懐かしいグッズとかも飾っています。明日、ちょっとその準備もあって秩父に車で帰るんですけども、車にロードバイク積んで少し早めに行って、また自転車で走ると故郷が別の角度で見えてくるんじゃないかなと。でね、凄い楽しみにしています。

楽しみと言ったら、日常での楽しみはやっぱり〝食〟ですかね。美味しいものが好きな円楽師匠がお休みで、ボク、挨拶でね、『ナカヤ』さんってね、いっつも円楽師匠が百個近く、……もっとかな？　あんぱん毎回買ってきてくれるんですよ。それが円楽師匠がお休みになってしまって、『笑点』大喜利の挨拶で、『ナカヤ』さんに、

「円楽師匠が居ないから、ナカヤさん、今は買いに行けないけど、ナカヤさん、いつか円楽師匠がまた買いに行きますからね」

って、皆で応援しましょうって言ったら、それ以来、楽屋に『ナカヤ』さんからパンが届くんですよ、申し訳なくて。

もう一つ、毎年、土用の丑の日に円楽師匠は、百人分ぐらいの鰻重を、スタッフ全員に自分で買ってきてくれるんですよ。『うなよし』って言うんですけど、そこも、もう少ししたら挨拶で言ってみようと思って（爆笑）。

このあいだね、凄く可愛かったことがあって、石巻にミヤギテレビの仕事で行って、全部ロケが終わって、折角なので石巻で鰻を食べましょうってね、北上川で揚がる鰻を食べようとなって、鰻を食べて、一所懸命働く女の子のＡＤちゃんが、全部食べ終わって、

「美味しかったね。ご馳走様でした」

って、言って、ロケ車に乗ったら、その女の子が、ボクに、

「本物の鰻屋さんで、本物の鰻重を初めて食べました」

って。凄いちょっと、胸にズキュンで。ボクたちは本当にお陰様でね、美味しいものを食べさせていただいたり、ご馳走になったりしてるから、少し当たり前になっているところが、その彼女の言葉聞いてね、もう、ドッキュンッてしちゃって、

「えっ、君、鰻食べたことない？」

って、訊いたら、

「なんか鰻のようなものみたいなのを、スーパーマーケットでお母さんが買ってきてくれて、お家《うち》で食べたりするんですけど、赤いお重の中に入った鰻、あれ、初めて食べました。美味しかったです」

って。

「ああ、そう、良かったぁ。お吸い物、飲んだ？」

って、訊いたら、

「はい、脳みそが入っている奴ですね」（爆笑）

「……え？　脳みそ入っていた？」

「脳みそが入っていました」

「あれ鰻の肝って言うんだよ、あれ、内臓。あれね、身体に良いってことで、皆、元気になるって、食べるの」

「脳みそ入っていると思って（笑）、怖くて食べませんでした」

もうそういうところも、みんな可愛いですよね。なんかそういう人にはね、ご馳走したいなっていう。またご褒美で、今度違うロケに行ったときに、美味しいものを食べさせてあげたいなという気持ちにさせてくれますよね。

浜松の落語会の仕事で、浜松は餃子も有名でしょう？　鰻も有名でしょう？

その日はね、鰻と餃子が楽屋弁当で出てきたんですよ。「うわぁ、やった！」と思ったら、横にこのぐらいの、上が赤いキャップでお醤油を入れたり、ソースを入れたりする結構大きめの容器が置いてあったんですよ。

迷うことなくボクは鰻のタレだと思って（爆笑）、追いダレみたいなのがあるじゃないですか？　あとからこうかけるみたいな。もう、迷うことなく、それをかけたんですよ。で、夢にまで見た浜松の鰻を、ガーッて食べたら、餃子の味になっちゃってた（爆笑）。

浜松にはもう一つ、思い出があって、今の綺麗になった浜松駅じゃなくて、昔の新幹線の浜松駅の改札の横にショーケースがあって、そこに鰻の白焼きが売られていたんです。

まだ二ツ目になりたてで、お金も全然持ってないし、小・中・大っていうのが筏になって並んでいて。ボク、じっくり選んで、お金ないから、中《ちゅう》の中《なか》でも一番大きい奴を、そこにいるオバさんに、

「すいません。下から2枚目をいただいてイイですか？」

って、言ったら、オバさんが。

「はい、……アラァ！　これ意外と大きかった」

って、言って、大のほうに移動しちゃったんですよ（爆笑・拍手）。

そんなことありますか？（爆笑）　ボクが見つけたんですよ（笑）、大きいって
いうのを。酷いですよね。

「鰻は、あれ、洋食和食、どっちだか分かりますか？」

っていう、初代三平が演ってましたね。

「（初代三平の口調で）鰻はぁ、洋食（養殖）です」

って、演ってました（……笑）。


「行かないか？　こんなこと（盃を持つ所作）、一杯よ、行かねぇかよ？」

「ご馳走してくれるの？　兄貴？」

「ご馳走してくれるってほどじゃねぇけれどもよ……」

『素人鰻』へ続く

親子だけど、師匠と弟子

2022年10月9日　横浜にぎわい座
『天下たい平』Vol．111より

お運び様で、ありがたく御礼を申し上げます。前方は前座で、さく平でございまして、一部間違った言葉を遣っていましたので、訂正をさせていただこうと思いますが、〝サックスホン〟ではなくて、〝サキソフォン〟でございますね（爆笑）。「是非、言葉を大切にしていただければなぁ」と思っております。〝サックス平〟というのは、ちょっと面白かったなと思いながら、あまり息子の部屋は開けないことにしているんです。

前座で、毎日朝から晩まで働いておりますから、ちょっと片付けてあげようかな……、これはもう親子ですんで……。そしたら凄く真新しいサックスホンがあったんです（笑）、「何してんのかな?」と思って訊く間もなく、今ここで聞いて、「そうか」というふうに感じました。イイんですよ。何でもね、昔は習い事なんていうと、日本舞踊であるとか、新内、長唄、そんなことを唄ってなんというのが、噺家、芸人のお稽古だったかも知れませんが、こういう世の中ですからね。いろんなものを身に付ける。そういうことが大切かなと思います。

自分の家に弟子であり息子が居るというのは、微妙な立ち位置でして。多分、彼が一番悩んでいるんじゃないですかね。昨日も、仕事は同じ習志野で、仕事が終わって2人で車で帰ってきて、「お疲れ様でした」と、玄関で「お疲れ様」を言ったら、親子に戻ろうというような約束をしているんですけども、何となく緊張はずっと続いていたのか、

「先にお風呂に入らしていただいても、よろしいでしょうか?」（爆笑）

というふうに、……それは息子なんでね、子供ですから、

「お父さん、先に入るよ」

って、いうふうに言えばイイんですけども、仕事の延長というか、緊張がずっと続いてたんでございましょう。

昨日は昇太師匠と一緒でございまして、

「たいちゃん、そっくりだな、声が！　たいちゃんが風邪ひいたとき、代わりに出てもらったら?」（笑）

声だけは似ているようでございまして。凄い心配ですが、ああやって毎回、毎回、ネタおろしをして、「偉いな」と思います。

ボクの前座時代を知っている人が、何人かここにいらっしゃるんですけども、それは息子の前では、なかなか言えないんですけども、……酷いもんでした。全然、落語覚えてないしね。それこそ稽古する時間なんか全くないんですよ。海老名家にずっと居ましたでしょう。ずっとお手伝いして……。ですから、夜なんかもう眠くて仕方がない。2時、3時ぐらいまでお客さんが居て、寝て、7時に起きてなんていうと、全然稽古の時間もなくてね。それは言い訳だったのかも知れませんけども、あんなふうにね、上手に落語が出来るなんて、「大したもんだな」と思います。

若さの芸というのが、ある感じがして、それはそれでね、「下手クソでも皆さんの心に届くものが、前座の落語なんじゃないかな」と思います。

子供というのは、いつまで経っても、親にとっては子供でございますからね。

「番頭さん、番頭さん、倅は？　今日も出かけている？　やっぱりそうか、芝居見物、毎日、毎日、芝居見物。同じ芝居を毎日朝から晩まで見て何が楽しいのかと思いますよ」

『七段目』へ続く

六代目円楽師匠の思い出

２０２２年10月9日　横浜にぎわい座
『天下たい平』Ｖｏｌ．111より

まずは『七段目』を聴いていただきました。もう『忠臣蔵』が何かということも、ここにお集まりの皆さんのお歳ぐらいで、あとは、分からなくなってしまうんですかね。そういうものが、だいぶ増えてまいりました、若い人たちが分からないものというのがね。それを果たして伝承するべきものなのか。忘れても良いものなのか、そのあたりはちょっと分かりません。けれども何か知識の片隅にでもそういうものが入っていたりすると、「人生が豊かになるかな?」と、思います。

9月の30日、大好きな円楽っち［*1］が、歌丸館長のもとへ早々と旅立ってしまいました。

初めて円楽師匠に会ったのは、まだボクは『笑点』に入る前でした。何となく厳しかったのを覚えていますね、ウチのこん平と楽太郎［*2］の二人会というものの前

［＊1］円楽っち……『笑点』大喜利で六代目円楽はたい平の隣に座っており、時折お互いの友情の証にとグータッチをする。たい平は親しみを込めてこの呼び方で呼んでいた。

［＊2］楽太郎……六代目円楽の前名。すでに三遊亭楽太郎として『笑点』メンバーの中でも地位を確立していた。

座で、もう二ツ目になっていました。2人とも『笑点』のスーパースターですから、その前方に上がって、千人のお客さんを全部自分のお客さんにしようぐらいの、……そんな若気の至り、そんな気持ちで高座に上がりました。とにかくウケました。ウケて、ウケて、ウケさせて、7分ぐらい、持ち時間よりも長く演ってしまいました。戻ってきた途端に、舞台の袖に楽太郎師匠が仁王立ちしていて、

「おい、誰を見に来てんだ？　お前！　今日のお客さんは何を楽しみに来てんだ？　……お前じゃねぇぞ！　俺たち2人だ。何やってんだ。持ち時間守ってちゃんとやれ。分かったか⁉」

凄い厳しかった……。でも、そこで大切なことを教わりました。なかなかそういうことを、今、言ってくれる師匠方は落語家にはおりません。嫌われるのが、嫌ですからね。正しいことを、正しく言ってくれる師匠が居ない中で、楽太郎師匠は厳しいながらも、正しいことを教えてくれました。それからは本当にきっちり時間を守るということが、どれだけカッコ良くて、時間内にどれだけ笑わせてというのが、自分の中に残りました。

もう、雲の上のような……、子供の頃からテレビで見ている師匠方ですから、「落語会では、一緒にならないな」と思っていました。それがウチの師匠が倒れ

て、まさかの代打としてオレンジ色の着物を着て、こん平の座布団に座りました。隣が初めて会って叱られた楽太郎師匠でした。
「うわぁー、厳しいだろうな」と思って緊張の中、皆さんも覚えてるかも知れませんが、わたしの心は若干も余裕がありません。ウチの師匠のパロディを言ったあと、「たい平でぇーす！」って言っていた筈が、「こん平でぇーす！」と言っていました（笑）。それはやっぱオレンジ色の着物を着て、「オレンジは、こん平だ」と思ってる頭の中が言わしたんでしょうね。「こん平でぇーす！」って言った途端に、すぐに隣の楽太郎師匠が、
「お前、もう師匠の名前獲ろうとしているだろう？」（笑）
早速、突っ込んでくれて、そこからは、本当に可愛がってくれました。師匠が倒れておりますから、『笑点』に出て、どうしていいか？　それすらも師匠に訊くことは出来ない。その中で常に楽太郎師匠が、「ああしたほうが良い、こうしたほうが良い。お前、喋りすぎ、騒ぎすぎ、立ち上がるな……」と。最初の頃はそんな感じでした。まだまだ疑心暗鬼の中でね、「これは、ことによったら新しいのが出てきたから、楽太郎師匠もちょっと様子を見てんのかな」と思ったんですが、今にして思えば、大喜利の中に一日でも早く溶け込ませようと思って、本来は歌

丸師匠が叱るところを、隣の楽太郎師匠が、僕を叱ってくれる……、そうすれば歌丸師匠が言いたいことも、横で見ていて「僕は、言わなくていいな、楽さんが全部言ってくれているから……」というような、そんなリレーだったんでしょう。

そこからは、本当に楽太郎師匠に引っ張ってもらって、あっという間に『笑点』のメンバー……。

「お前、馴染むのが早いな、俺も2年かかったのに、お前、3ヶ月で馴染んだな?」って、楽太郎師匠に言われました。それは全部、楽太郎師匠が周りをそういうふうに、そんな空気に作ってくれたからなんですね。

何を演ってイイか? 分からないときに、ふなっしーの真似で、「よーし、飛んでみよう」と横に飛んだら、楽太郎師匠にぶつかって、一緒になって向こうに倒れていく。それは、今までの『笑点』の大喜利では見たことがない光景だったんですよね。でも、怪我をさせてしまうかも知れないと思いながら、何度も、何度もやってたら、途中から飛ばせないように（……笑）、ボクが飛びそうになると、自分の座布団を全部後ろに下げたり、もう、昇太兄さんのところまで飛ばないといけないような状況になったり、あるとき小道具の刀が出てきたときには、ボクが飛ぼうとしたら、そこに刀を立てていました（爆笑）。「殺そうとしてんのか？」と思うぐらいで。

「俺たちは、言葉で笑わせるんだ、この大喜利ってのはな、言葉の面白さなんだ。言葉遊びなんだ。お前ジャンプするのはイイけど、言葉でまず勝負しないとダメだよ」

って、言われたんです。でも、それでもやり続けました。「ボクには、それしかない」と思っていたから。そしたら、段々、「これもありだな」と認めてくれて、一緒になってぶつかると、ちょっとしかぶつかってないのに、「ワーッ」と向こうまで倒れてくれるようになりました。

腹黒なんて、全くの作ったものでね。本当に良い師匠でした。カッコイイ師匠でしたね。銀座を歩いていても、……今は落語家で銀座を歩いていて声かけられる人なんて居ないでしょう。好楽師匠ぐらいかな？　銀座歩いてて声かけられるのは（笑）、

「お金返してください！」

てね（爆笑）。

円楽師匠は、カッコ良かった。どっからともなく、お店の人が出てきて、

「おう、楽さん、お疲れ様！　たまには寄ってくださいよ」

「おう、今度またな」

なんて言いながら、もう次から次へと声かけられるんですよ。

『博多・天神落語まつり』[＊3]、今年で16回目です。三遊亭円楽プロデュースで50人以上の落語家を東西から集めて、4日間にわたる落語まつりです。昼夜で演って、連日、大入り満員、今はね……。

始めた頃は大変で、

「たいちゃん、こういうことをする。落語会のために、落語のために、俺はこういうことを考えているんで、たいちゃん頼むよ」

何をしてくれ、これをしてくれ、あれをしてくれ、こうやって頑張ってくれではなくて、「たいちゃん、頼むな」って言ってくれた。その一言で円楽師匠が何をしたいか？　そしてボクは何をすればいいか？　って、いうのは、全部分かりました。

コロナ禍になってから、『博多・天神落語まつり』も出来ないんじゃないか？宣伝のために、『秋まで待てない落語会』ってのがあるんですね。本来だと、5人、6人ぐらい、大阪からも東京からも芸人が行って賑やかに演るんですけども、お客さんがどれぐらい入るか分からないし、感染防止対策のため半分も入れられない。ということは、ギャラが払えない。だから、円楽独演会にする。とい

［＊3］『博多・天神落語まつり』……六代目三遊亭円楽がプロデュースした落語イベント。福岡・博多の街に東西の人気落語家を集結させ落語を楽しんでもらおうと企画したもの。2007年に開始し年々規模が大きくなっていった。毎回天神近辺の数か所で数日間にわたって様々な落語会プログラムが組まれる。おおむね11月初旬に行われ円楽師匠が亡くなったあとはたい平も力を貸して続けられている。

うので、楽屋でボクのところに来て、

「たいちゃん、分かるよな」（笑）

って、言って、

「はい」

「ギャラなしだから、次、ゴルフでな。ゴルフで払わせてくれ」

もうその心意気が嬉しくて、また、ボクを呼んでくれたことが嬉しくて。弟のように可愛がってくれた。そんな円楽師匠でした。

そのときにもね、国は何も施策を出さない。どうしていいか、分かんないから、お役所は責任とりたくないから、「皆で集まって、大丈夫ですよ」なんていうことも言わない。だから、いろんなイベントが中止になっていました。その中で、円楽師匠は、

「たいちゃんさぁ、誰もこの解答用紙に、答えを書こうとしないんだよ。答えを書いてさ、バツが付くの怖いからさ、誰も書かないんだよ、国も行政も。俺は書くよ。誰かがここに解答しないと、それが正解なのか、不正解なのか分からない。書いて、バツがあとで付いたら、それは俺の責任だから、俺が責任とるよ。誰かがここで今、解答用紙に答えを書かなくちゃいけないんだ」

って、言って、コロナの中で入場者を50％にして、マスクをつけて、検温して、そして皆さんから住所をもらって、そんな厳しい中で、それでも出来るっていうのを示したのが、円楽師匠でした。

凄く落語を愛して、落語のために、博多のあとは、『さっぽろ落語まつり』［＊4］をプロデュースされた。そして今年からは、『江戸東京落語まつり』［＊5］、いろんなところに、たくさんの種を蒔いてくれました。これからは、それに水をやって、毎年たくさんの花を咲かせるのが、ボクたち後輩の仕事だなと思っています。

ゴルフが好きでね。朝からね、ゴルフのときは、お酒を飲みたいんですよ。ペットボトルにね、焼酎の水割りを作っているんですよ（笑）。あたかも水を飲んでるように、もうレストランで、お水のコップをもらって、焼酎の水割りを注いで、お水飲んでいるみたいに飲んでいるんですよ。半分ぐらい飲んだらね、ウェイトレスさんがお水を注ぎに来たんですよ（爆笑）。そしたらね、

「おい、ダメだよ！　水が薄くなっちゃうじゃないか！」（爆笑）

って。訳の分からないこと言っていたなぁ。凄くチャーミングなところもあって、もう思い出は尽きません。

（笑福亭）鶴瓶師匠に、ウチのこん平が死んだときに、電話をもらって、弟子、

［＊4］『さっぽろ落語まつり』……2019年、前述の『博多・天神落語まつり』と同趣旨で札幌でも行われ大成功をおさめた。

［＊5］『江戸東京落語まつり』……こちらも2022年から『博多・天神落語まつり』同様に行われ、2023年はたい平が円楽の遺志を引き継ぐ形で記者会見をし宣伝に力を注いだ。

仲間が出来ることは、2度死なせないことと言われました。歌丸師匠のときも、そうでした。歌丸師匠の話を未だに『笑点』で、

「あっ、昇太兄さんの後ろに歌丸師匠が立っていますねぇ」

なんて言ってたら、生涯、皆さんは忘れないでいてくれる。そんなふうに、円楽師匠の名前をこれからたくさん出して、忘れられないように、2度目の死を円楽師匠にさせないように、そんな気持ちでやっていこうと思います。

最後の国立演芸場の高座［*6］は、多分全部、自分のことは自分で分かっていてやる師匠だったから、あそこの1日をピンポイントで、自分の身体と相談をして、「あそこだったら一席出来る」と思って、そこでしか出来ないって、ご自分で分かっていての一席だったような気がします。ボクはいつも、

「師匠、独演《ここ》会は（出番を）空けて待っていますから、焦らないで、ちゃんと、ちゃんと治してから来てください」

って、何度も、何度も言ったんです。

「芸人は求められている限り、お客さんの前に出て、お客さんがワーッと喜んでくれる、それが芸人だよ」

って、いうのを、最後に円楽師匠が教えてくれたような気がします。

［＊6］最後の国立演芸場の高座……2022年、六代目円楽は病をおして国立演芸場の8月中席10日間のうち4日間ほど出演し、8月20日の高座が最後のものとなった。

『笑点』に出てから、ボクの右隣は、ずっと、ずっと円楽師匠でした。「席替えがあって、円楽師匠とバラバラになるかな？」と思っていたら、あのままスライドして、大月（小遊三）、円楽師匠、ボク（笑）で、収録は2本だけでした。そのあと、病気で倒れて、それから毎回違う人が来ているんですよ。どんな気持ちだか分かります？　だからね、キャバクラ嬢みたいな……（爆笑）。汚いキャバクラ嬢と、不思議なキャバクラ嬢が、毎回ここに座る新規のお客さんをずっと接待している感じ（笑）。

よく小遊三師匠とは、「ああ、円楽さんが、ここに居たらな」という話をずっとしていた。戻ってくると思っていた、円楽師匠でした。

昨日、『笑点』の収録をしました。明日、急遽特別番組で放送される『ありがとう！　円楽師匠　追悼特番』という1時間番組を昨日撮りました。是非、ご覧になってください。夕方だったかな。それから、『笑点』の『緊急企画！　円楽さん追悼大喜利』というのも、1本撮りました。それも近々流れると思っています。まだどっか信じられなくて、「とにかく師匠の顔を見るまでは」と思って、御自宅《おウチ》へお邪魔して、凄く綺麗な顔して、もう全てのなんかいろんなものがスーッと抜けた優しい顔をしていて、本当に寝ているようでした。だから、未だ信じられないでいます。

追悼番組とか、そんなのがドンドンドンドンきて、「受け入れないと、いけないのかな」というような中で、今日を迎えました。好楽師匠は兄弟弟子ですから、凄く昨日も号泣していました。「何でだよ」って、「おい、円楽、何でだよ。何でなんだよ。何でなんだ」って、ずっと楽屋で泣いてたんで、

「師匠、しっかりしてくださいよ」

「たいちゃん……、家族葬だっただろう？　円楽。だからさぁ、お通夜のお寿司が食べられなかったんだよ」（爆笑）

……そんなことで泣いてたのか。

ここ一両日、いろんな思い出を、……まだまだ引き出しの中から出てこない思い出が、まだ引っ張り出せない思い出が、思い出にする筈もない思い出があるので、なかなか上手く円楽師匠の話は出来ませんが、今日は、お客様と共有をちょっとでも出来たらなと思って、円楽師匠の思い出話をさせていただきました。

「たいちゃん、たいちゃん」って言ってくれて、グータッチをするときの顔は、皆様は向こう側から見ています。ボクは正面で見ているんで、本当に嬉しそうでした。たくさんお友達が居る円楽師匠なのに、なんだか『笑点』でグータッチを

するときは、嬉しそうでした。そして、子供たちからも、『笑点』ファンからも、「あのグータッチを見ると、なんかホッとする」って言われて、「一日も早くアクリル板が無くなって、グータッチが出来れば良いのにな」と思っていたら、昨日は、円楽師匠の席がぽっかり空いていたので、ソーシャルディスタンスがとれるということで、アクリル板がありませんでした。アクリル板は無くなったけど、円楽師匠も亡くなっちゃったんで、「グータッチはもう、生涯出来ないかな」と思います。

そこで昨日、番組中に、何か頭の中をよぎってきた歌があって、これは円楽師匠の歌だなというのがあったので、中入り［＊7］前にちょっと歌を歌わせていただこうと思うんです。本当に思い立っただけなので、歌えるかどうかも分からないんですが、あんまりしんみりとして、円楽師匠の思い出話をしていると、

「たいちゃん、やめてくれよ、勘弁してくれよ」

というふうに言われるといけないので、歌を歌って円楽師匠に捧げたいなと思っております。円楽師匠、ありがとうございました。

『M』の歌唱へ続く

［＊7］中入り……落語会や寄席などでプログラムの中ほどに入れる休憩時間のこと。寄席では縁起をかついで〝仲入り〟と書いている。

お酒の思い出

2022年10月9日　横浜にぎわい座
『天下たい平』Vol.111より

今、高座の袖でイイものを見させていただきました。あずみちゃんが信頼する一番のお客さんが離れていく瞬間を（爆笑）。あんなに皆さんのことを愛していると言ったのに、皆さんがどんどん引いていく感じが伝わってまいりました（笑）。

でもいいですね。一所懸命に挑戦している姿というのは好感が持てますし、そこから何か生まれる予感があります。昔のものをしっかりと習った上で、そこからまた新しいもの生み出していくというのはね、産みの苦しみというのがありますけれども、それを皆さんが本当に受け止めてくださるので、あずみちゃんは次から次へと新しいネタを生み出して、そして寄席でかけています。ですから、皆さんには、修業のような時間かも知れませんが（爆笑）、是非これからも可愛がっていただければなと思っています。

なんかもう、1人漫才みたいなのとかを見てて、「この人、酔っ払ってんのかな?」って思いますよね（爆笑）。でも、あの人、酔えないですよ。一切、お酒飲めないんでね、小学校、中学校で人生の全部の酒量を飲んでしまっているんで（笑）、だから下戸なんですよ。でも、楽しそうに、ちょっとほろ酔いな感じで演っておりましたんで、なんかイイですね。

ボクのさっきのプリンセス プリンセスの『M』。なんか、「もっと泣いてしまうかな」って思ったら、途中で演歌みたいな手拍子が（笑）、ボクの涙を止めてくれました（爆笑）。ありがとうございます（笑）。歌いながら、「ちょっと違うんだけどな」と思いながらも、歌い始めちゃっているんで、「拍手、止めてくださぃ」と言えないままね（爆笑）。ええ、本当に感謝しております（笑）。一心同体ですからね、皆さん。芸人を育てていただく、そういう温かい心で、この『にぎわい座』に来ていただければと思います。

あずみちゃん、本当にありがたいのは、ボクはお酒が凄い好きですから、お酒を飲んで次の日、覚えてないことが多いんですよ。最初に電話するのは、あずみちゃんですよ。山下さんというマネージャーさんが居るんですけど、……こないだ山下さんと浅草で飲んだんですよ。お休みの1日でね。お休みがあって浅草の浅草寺、観音様にお参り……、落語協会［*1］のお参りがあって、ボクは理事なんで10人ぐらいでお参りに行って、で、11時半ぐらいに解散になっちゃったんです。マネージャーのお家《うち》はすぐ近くなんで、お休みだったんですけども、「もしよかったらご飯食べよう」って言って、お昼に呼び出して、ボクが大好きな焼肉屋さんがあって、そこで飲んで勢いがついちゃって、たらふく食べた後、お寿司屋さんに行って、また凄い飲んで、お寿司屋さん出た前にビール屋さんがあって（笑）、で、また、ビール屋さんに入って、飲んで、……で、全く覚えてないすよ。どうやって帰ったかも覚えてないです。

明くる日、一緒にいたマネージャーですから、「ちゃんと覚えててくれてるかな」と思って、マネージャーに、

「昨日、オレ、大丈夫だった？」

って、言ったら、

「……百均で買った訳の分からないモノがカバンに入っていたんですけど（笑）、師匠が買いました？」（爆笑）

って、言う。オレ、多分百均に入ってないんで、

［＊1］落語協会……一般社団法人落語協会のこと。大正末期に東京の落語家たちが設立、昭和52年社団法人となる。現会長は柳家さん喬。

「自分で行ったんじゃないの?」

って、全く役に立たない（爆笑）。あずみちゃんが居ると、一部始終を覚えていてくれるんで、

「あずみちゃん、昨日どうだった?」

って、言うと、あずみちゃんが、

「師匠、大丈夫でしたよ。皆、楽しそうにお帰りになりました。師匠もタクシーに乗って帰りました」

って、言ってくれるんで、そういう意味でいうと、あずみちゃんが居てくれるだけで飲んでいても安心なんですよね。ウチのマネージャーは、全くダメでした(笑)。

ウチの師匠こん平は、凄かったんですよ。銀座でタダで飲める方法っていうのを、ボクは教えてもらったんですよ(笑)。銀座でタダで飲めるって、安いお店じゃないですよ、高級クラブですよ。例えば座っただけで3万円とか、5万円ぐらいするところのほうが、「タダで飲める」って言うんですよ。

「どういうことですか?」

って、訊いたら、まず元気に入っていく(笑)。

「どうも、いつも！」

って、言って入っていく。初めてのお店ですよ（笑）。そうすると、「あれ？」って思う訳ですよ。

「あ……、いつもありがとうございます」

もう、「いつも」って言ったら、「いつもありがとうございます。いらっしゃいませ」って言うでしょう。そしたら、

「佐藤社長、来てないかな？」

「あっ……、佐藤社長？」

「約束してんだけど……」

佐藤社長なんて、大概居るんですよ（爆笑）。

「えっ？　えーと、どちらの佐藤社長？」

「いやぁ、ここで約束してるんだけどなぁ。あれ？　まだ来てない」

「……はい」

「じゃぁ、とりあえず社長来るまで、社長のボトル出して」（爆笑）

「あ、そうですか。分かりました」

って、言って、佐藤という社長のボトルが出てきて、30分ぐらいガブガブ飲ん

で、

「来ないねぇ、……社長来たら、よろしく伝えといて」

って、言って帰るんですって（笑）。犯罪ですよね（爆笑）。もう今や、SNSの時代では、とてもじゃないけど許されないような……。そんなことをウチの師匠は実際にやっていたそうです（笑）。ボクは怖くて出来ません。

まぁ、本当にふんだんに前座のときから飲ましてくれる師匠でね。師匠と一緒に居ると飲めるんですけど、ボクは住み込みだったでしょう？　海老名家に帰るんですよ。なので、師匠と居るときには、朝の3時まで、4時まで、「師匠と一緒です」と言うと、お家へ帰らなくてもイイので、一緒に飲むことが出来たんですけども、師匠と一緒じゃないとき、もう寄席から直行でお家へ帰らないといけないんで、浅草からだったら、何分ぐらいで帰るとか、全部分かっている訳ですよね。上野の『鈴本演芸場』［＊2］は何分って。やっぱもう26歳、27歳ですから、ちょっとお酒飲んで帰りたい訳ですよ。あと、もう自由な時間がお家へ帰ったらなくなるから、ちょっと飲みたい。

で、たまたま入ったのが、上野駅の高架下のところの『大衆酒場』。……『大衆酒場』ってのが、なんかイイでしょう？　カウンターだけの店で、焼きとんを

［＊2］『鈴本演芸場』……都内の落語定席の中でも歴史がある寄席。創業家の鈴木家が自らの名の〝鈴〟と前身となる本牧亭の〝本〟をとって〝鈴本〟としたとのこと。現在は落語協会の芸人のみ出演している。

焼いていたんで、「ああ、これイイや！」と思って入って、焼きとん5本頼んでビール1本頼んで、ビールが出てきて、焼きとんが出てきたら、ボクの顔を見て、

「あれ？　お前、前座だろう？」

って、言う。

「そうです」

「お前、『池袋演芸場』［＊3］に出ていたよな？」

「はい、そうです」

「なんて名前？」

「たい平です」

「ああ、そうだ、たい平だ！　あっ、お前……、そうか、今、鈴本［＊4］の帰り？　おお、そう、分かった」

って、言って、もう1本ビール開けてくれて、またあと5本焼きとん焼いてくれて、で、……10分で帰らなきゃいけないんすよ（……笑）。凄い、凄いっすよ。10分で大瓶2本空けて、焼とん10本食べて、それで帰っていくんです。それで、帰ると、

［＊3］『池袋演芸場』……1951年創業、都内の寄席では最も小ぶりなキャパシティの寄席。その分芸人との身近さを感じられる。

［＊4］鈴本……前述の『鈴本演芸場』をよく知った人は単に「鈴本」と呼ぶ。

「お腹すいた？」

って、訊かれるんで、

「お腹すきました」

って、言うと、

「カレー食べなさい」

って、言って、またカレーを腹いっぱい食べる。そういう修業だった。でも、やっぱ酒は別でしょう？　酒を飲みたくて、そこのお店に入って、大瓶2本、それから焼とん10本焼いてくれて、食べて、

「ご馳走様、幾らですか？」

って、訊くと、5百円。……以来、毎回5百円しか取らなかった。「出世払い」と言う。

「たい平、出世払い。お前、前座だろう？　お金もらってないんだから、出世払い」

ボクが、少し頑張って二ツ目になって、レギュラーのラジオとかが出来て、

「少し頑張ってます。幾らですか？」

ったんだけど、

「5百円。これがお前の出世か?」

って言う。

「いや、ちょっと頑張っているんですけど……」(笑)

「こんなのは、俺が考えてる出世じゃないから。本当に出世するまでは、出世払い」

そっから20年ぐらい5百円でした(笑)。親方も死んでしまってね。このあいだコロナで、その店も無くなってしまいました。

なんか人情というものがね、無くなったなんて、世の中では言われていますけども、そういうところには、まだ人情が残っていますね。

もう一つ修業中辛かったのは、先輩たちは飲んで帰るんですよ、前座だけど。だって、住み込みじゃないから。ボクだけ住み込みだから帰らなくちゃいけない。『浅草演芸ホール』が終わって、その日はね、早稲田大学の可愛い女の子が3人客席に居たの。で、ボクよりもちょっと先輩の前座が、

「袖から見てて、かわい子ちゃんが居るから、たい平、今度俺が高座返しするから[*5]、俺が高座返ししているあいだに、お前が手紙書いて、あの3人に渡してこい」

[*5] 高座返し……前座の役目として、寄席や落語会では、出番の済んだ師匠が袖にはけた後、高座の座布団をひっくり返して次の師匠のために準備をする。

って。で、先輩が高座返している間にボクは、客席に回って、そのかわい子ちゃんに、

「このあと、一緒にお酒を飲みましょう。良かったら木戸の前で待っていてください」

って、渡したら、女の子3人が待っててくれて、こっちも前座3人だし、「飲みに行こう」ってなった。

だけどボクは帰らなくちゃいけないから、とりあえずお店だけセッティングして、乾杯して、タクシー乗って、台東区の根岸まで帰って、10分ぐらいで着きますから。その日は偶然お客さんが居なかったんで、

「オカミさん、ちょっと早いけど、お風呂に行っていいですか?」

「今日は、お客さん、来ないからね。どうぞ行っておいで」

って。9時半ぐらいに、お風呂に行く恰好をして、桶を持って(笑)、タクシーに乗って(爆笑)、浅草のお店に戻って、そしてまた10分でひたすら食べて、女の子と話して、戻るんですよ。お風呂の帰りという設定だからねぇ、その日が冬至だったんです。店の親方に話をしたら、柚子を一つくれたんですよ。急いでタクシーで帰ってきて、日暮里公園の水道で頭を洗って(爆笑)、そして柚子を

ふりかけて（爆笑・拍手）、

「ただいま帰りました」

海老名のオカミさんが、

「あら、どうだった？　今日は柚子湯よね？」

「はい、オカミさん、嗅いでください！」（爆笑）

「あら、イイ匂いがするわ。よかったわね」

って……。もうそんなことを毎日やっていた（爆笑）。

お酒に対しては、凄くそういう知恵が働くっていうかね、楽しいですよ。だから普通に飲めるお酒も楽しいけれども、何とか知恵を絞って飲む酒っていうのが楽しかったですね。

未だにその癖が抜けなくて、ボクもの凄くピッチが速いです。全部10分で、飲んで、食べていたから（笑）、もう皆置いてけぼりですよ。「もう、早く帰ろう」ぐらいの勢いで、凄い速いペースで飲んじゃうんで、それを少しゆっくりにしなきゃいけないなと最近思うんですね。

楽しい酒は良いですけどね。楽しくない酒も中にはありますよ。急になんか目がすわったりして、ちょっとしたことでもって喧嘩になったりなんかしてね。酒で乱れるっていうんですか？　今だったらね、殴り合っておしまいですよ。だけど、昔はお侍さんで酒癖が悪い人が居たらしいですね。お侍さんですから、喧嘩になったら大変ですよ。長いのを差してますから、これを引っこ抜いてチャンチャンバラバラ、斬ったところが悪いとみえて、明くる朝、２人とも大怪我をしてしまった。お殿様の耳に入ります。

「何⁉　酒の上で家来が?!　これは良くない。城内禁酒と致す」

禁酒というお触れが出てしまいます。

『禁酒番屋』へ続く

親子三人で秩父夜祭

2022年12月11日　横浜にぎわい座
『天下たい平』Vol.112より

開口一番の高座で、長男で弟子の林家さく平が『初天神』[*1]の舞台を秩父夜祭に改作したものを演った）

いやでもねぇ、嬉しいですよ。彼は東京で生まれましたからね。ボクの故郷を好きになってくれて、……故郷を好きになってくれただけではなくて、お祭りも好きになってくれるというとね、なんかどっかに、「秩父のDNAが彼の中には残っているんだな」と思って。次男も居るんですね。今、大学2年、これはね、全く興味がないんです。

秩父に興味がない。関心がない。なので、あとどっかに行ったりするのも、なんか面倒くさがりなので行かないです。

[*1]『初天神』……亭主が天神様にお参りに出かけようとすると、女房は息子の金坊を連れて行けと言う。仕方なく亭主は連れて行くが子供は飴買って、団子買ってなどとねだるから面倒だ、という噺。

「お祭り、行かないか?」

って、言ったら、

「僕は、大丈夫」

って、言って、毎回断っていたんです。今年は土曜日でしたから、

「何も予定が無いんだったら、ちょっと秩父のお祭りに来てみないか?」

「どうしようかな?」

「じゃぁ、まぁ、来るだけ、来てみたら? 経験値として、お祭りをちょっと見てみない?」

「分かった。行く」

「で、半纏もあるから、(山車を)曳いてみない?」

「そういうのは、無理だから……」(爆笑)

って。ボクよりも早く12時ぐらいに秩父に着いたんですね。ボクはその日は『笑点』の収録がありましたんで、その前日は円楽師匠のお別れ会の司会をして、4時の特急に乗って秩父に戻って夜まで祭りに参加して、朝一番の特急に乗って東京に戻って、『笑点』の収録をして、で、夕方5時のラビューに乗って、また6時半に秩父に戻ってっていう感じだったんです。

「次男は、どうしているかな?」と思ったら、完全に祭装束に着替えてるんですよ(笑)、

「遅いよ!」

とか言いながら(爆笑)、(山車を)曳いているんですよ。

「えっ? お祭り、嫌いじゃなかったの?」

って、言ったら、

「こんなんだったら、もっと早く来れば良かったよ」(爆笑)

って。また次男も祭り好きになってくれたんで。なんか嬉しいですよね。

その辺は自分のルーツですからね。そういうところを好きになってくれて、これから毎年、男3人でワーッとお祭りに行けるんじゃないかな。やっぱお祭りがあるってのは、本当に最高ですよ。ボクたち子供の頃はね、もっと楽しかったというかね、おどろおどろしいところもたくさんあった。

ボクよりも先輩だったら、分かるでしょう? お祭りだと必ずあの傷痍軍人[*2]が居ましてね。白い軍服を着て、白い帽子を被ってね。片手を失ってしまった方もいらっしゃったし、隣にアコーディオンを弾いていたり、ハーモニカを吹いていて、そういう方が神社の、石段のところに2人ぐらいで。あれは、ちょ

[*2] 傷痍軍人……戦争で負傷した軍人。昭和の中期頃までは繁華街や祭り、縁日などで白い包帯を巻いた元軍人たちが街頭募金に立っていた。

っと子供心にも申し訳ないですけども、怖い感じがしたんです。なんかすぐそこに戦争があるような気がしてね。

それからお化け屋敷、見世物小屋が2軒、『かっぱ天国』って言って、お父さんに、「『かっぱ天国』って何？」って訊いても、教えてくれなかった。

今にして思うとストリップ劇場だったんです（笑）。『かっぱ天国』ってのがあって、その対面《トイメン》は新潟のシバタサーカスが来て、樽形のオートバイ・サーカス、今、こういう鉄で出来ている地球儀みたいな中を、ガァーッて走るでしょう？じゃなくて樽形なんで、しょっちゅう飛び出して怪我して、健生堂医院に運ばれるんですよ（笑）。

その樽形のオートバイ・サーカスと、象なんかも連れてきていました。牛女とか、蛇女とかっていう、おどろおどろしいが絵が描いてあってね。赤や、黄色や、紫や、オレンジの電球が、ピカピカピカピカしているところに、変なお婆ちゃんがね、マイクを持って、

「（だみ声で）ハイハイ、そこのお兄ちゃん（爆笑）、北海道の山奥で右へどっこい、左へどっこい、歩く姿が八本足というこの、お兄ちゃん。裏山で食べた卵がヘビの卵。その卵、ほらほら、ほらほら、お代はあとの御愉しみ、始まるよ。始

まるよ」

ジリジリジリジリ、ドンドンドンドンドンドンドンドンなんて太鼓が鳴ってね。その太鼓に釣られて中に入ったりすると、そんな蛇女なんか居ないんですよ。手品演っているだけなんですよ（笑）。あとは細い蛇を鼻の穴の中に通して、ただ鼻の中を掃除するだけとかね（爆笑）。そういうインチキがあって。射的もたくさん並んでました。輪投げも……。子供の頃は輪投げやりたかったですね。輪投げの一番いい賞品は、十手《じって》。

30センチぐらいの十手ですよ。そんなの買えないし、十手は輪投げだと、ここの短い方に必ず引っかかっちゃうんですよ。だから、絶対獲れないんですよ（笑）。

あと意味が分からない賞品が……、「あんなの何で欲しかったんだろう」と思うぐらい、ボクと同じぐらいの世代の人で輪投げやったことがある人は、分かると思いますけども、ちっちゃいワイングラスみたいなのに、色の水が入っているだけ。……何で獲ったんですかねぇ。あれが欲しかったんですよ。

それからジッポのライター、その辺がね、３大賞品。で、あとはろくでもないモノしかなくてね。そんなのが欲しくて、輪投げも友達が後ろで手を持ってくれたりね、ベルトを持ってくれて、なるべく近づいて（笑）。本当楽しかった。今、もう無くなってしまったんです。もう見世物小屋も、今は飛騨のほうに1軒と、八王子に興行師さんが居るぐらいで、今、そういうのが唯一見られるのは、花園神社のお酉様であったりとか、靖国神社のみたままつりのときに、そういう掛け小屋みたいなのがかかっていますかね。

お祭りの1週間前ぐらいになると、そういう掛け小屋を、日本中旅してるトラックで来て、小屋を作り始める訳ですよ。ボクたち、そこの公園でソフトボールの練習していて、練習が終わると、皆、お化け屋敷作ってるから、

「おう、お兄ちゃんたち、手伝うか？」

「手伝ってイイですか？」

「おう、手伝ったらよ、お祭りのときに、『あのとき手伝った僕たちです』ったら、タダで入れてやるから」

って、言われて。

ボクたち散々手伝って、そのお祭りの日に行って、

「あのとき手伝ったボクたちです」

って、言ったら、

「うるせぇ！　このヤロウ！」

でもねぇ、そういうことで世の中を知るんですよね（笑）。

いや、本当そうですよ。だって、高校時代に凄いカッコイイ奴で、ちょっとツッパってた奴が、変な話ね、そっちの世界に行っちゃって、たこ焼き焼いたりしている訳ですよ。人間的には凄いイイ奴だからね、

「お、元気？」

なんて挨拶するんですけれど、でも、やっぱり、「ああ、そうか」って思う訳じゃないですすか。

そういうことを、お祭りの中で見ることが出来るっていうかね。お祭りって、とっても大切です。町内会の人たちが焼きそば焼いてちゃダメなんですよ（笑）。怪しい人が焼きそばを焼いてないと（爆笑）、そういう空気感が大切なんですよ。

何かね、そういうものが世の中に無くなって、いろんなものを見えないようにしているから、今の子供たちは人間観察が出来ていないんですよ。怖い人は、怖い人っていう、そういう動物的な感知能力っていうのが、子供の頃にいろんなもので養われる訳ですよ。

そういう能力がドンドン無くなっているから、そういうものを認識出来なく、……ボクはなっていると思うんです。その一つは、やっぱりお祭りなんですよ。もう不条理なんです。不条理だらけ。そういうお祭りででした。

息子が掬ってきた金魚。それがこんなに大きくなっちゃって（笑）、オレが育てたんですよ。あずみちゃんは、その水槽を毎回掃除していたんですよ（爆笑）。みんな、さく平のせいなんですよ。ああ、スッキリした（爆笑）。

『替り目』って言ってね、人力車の車夫と、酔っ払いの会話から始まる噺なんです。この人力車っていうもので、時代設定を狭めてしまっているんですよ。

ああいう噺って、酔っ払いがいる限り、ずっとあるんですよ、延々と。ボクは人力車を取っ払ったら、凄く自由になったんです。フリーハンドになったんです。なので、なんかね、最近演らなくなっている噺ってのが、幾つかあって、それなんかね、ちょんまげの時代とかにこだわっているから時代が狭められちゃうんです。ちょんまげじゃなくしたら、今も同じようなことが起きている。それを落語に持ってきたら、イイんじゃないかって思っていて。

『不精床』へ続く

内緒話の歴史

2023年2月12日　横浜にぎわい座
『天下たい平』Vol．113より

お運び様で、ありがたく御礼を申し上げます。ようやく『笑点』の新メンバー[*1]が決まって良かったです。もう1ヶ月近く前に、わたしたちは内々のお話をいただいておりましたが、喋ることは出来ません。「……だったら、当日まで聞かされないほうがイイなぁ」と思ったんですけれどもね（笑）。

知っていて、人に訊かれて、「知らない」と言う、これほど罪悪感に苛《さいな》まされてることはございません。落語家なんて口が柔らかい職業ですけど（笑）、こんなに堅い7人もいるんです。凄いですよね。今まで、いろんなことを内緒にしてきました。圓楽師匠[*2]の引退、そしてボクが24時間マラソンを走る。誰なのか分からないと、3ヶ月間、内緒にしました。

昇太兄さんが司会者になることも、2ヶ月内緒にしました。歌丸師匠が亡くな

[＊1]『笑点』の新メンバー……六代目三遊亭円楽の逝去の後、円楽の座布団の位置に毎回ゲスト落語家が入れ代わりで登場していたが、この月からようやく春風亭一之輔に決まり登場した。

[＊2]圓楽師匠……五代目三遊亭圓楽のこと。1955年六代目三遊亭圓生に入門し全生。1962年真打に昇進し五代目圓楽を襲名した。『笑点』大喜利メンバーとしては歌丸師匠同様『金曜夜席』の時から出演し〝星の王子様〟として早くに人気を獲得した。後に師匠圓生と共に落語協会を脱会し、後の圓楽一門会の礎を築いた。一時期『笑点』から距離をおいたが、復帰後は

ったのも、4年間内緒にしました（爆笑・拍手）。……腐っちゃいますね。武田信玄［*3］じゃありませんからね。数々の内緒ごとをずっと潜り抜けてまいりましたんでね、まぁ、意外と、噺家なのに『笑点』メンバーは口が堅いんですよ。

ただねぇ、ウチに帰るのが嫌でした。家族が待ち構えていましてね。あのさく平はじめ……（笑）。カミさんは、「どうやら、なりそうじゃないか?」っていうリストをSNSとかから探ってきて（笑）、20人ぐらいリストアップして、家族を全員集めましてね。

「いい? お父さん顔に出るから（爆笑）、お母さんが1人ずつ名前言うから、そのときの表情の変化を見逃さないように。……桃花《ももか》さん［*4］（笑）。わさびさん［*5］」（笑）

「知らないよ。オレに訊かれても、何も知らないよ」

って、ボクは守り続けている男ですからね。最後まで守りました。

「お母さんもう分かんないよ」

と、言って、子供たちは寝ました。2人きりになりました（笑）。久しぶりの妻と2人きりです。

それだけだって何となくプレッシャーなのに（爆笑）、凄い近づいてきまし

長く大喜利司会者として活躍した。

［＊3］武田信玄……武田信玄は遺言で「自分の死を3年の間は秘匿するように」と残したという。

［＊4］桃花さん……蝶花楼桃花のこと。2006年春風亭小朝に入門しぽっぽ。二ツ目でぴっかりと改名。2022年真打に昇進し蝶花楼桃花。

［＊5］わさびさん……柳家わさびのこと。2003年柳家さん生に入門し生ねん。2008年二つ目でわさびと改名。2019年同名のまま真打昇進。

た。「私にだったら、言えるでしょう?」(爆笑)

「えっ……、何を?」

「何をじゃなくて、新メンバーが誰なのか? 知ってるんでしょう?」

「そりゃぁ、知ってるよ」

「(小声で) だったら言えるでしょう?(爆笑) 私、喋らないわよぉ~」

って、言う顔が、もう既に笑っているんですよ(爆笑)。一番喋っちゃいけない人でしょう?(爆笑)

「いや、いや、本当に喋れないから……」

「……ああ、そう……。昔から、そういう人だったわよね」(爆笑)

って。本当に終わって良かったです。大変でした。「あんなに内緒にすることなのかな?」とも思うんですよ。

どっかで思うんですよね。もう軽い感じで、

「次の新しい人、どうぞ!」

「はい、私です」

ってね(笑)、出てくればイイんですよ。

ボクんときなんて、若手大喜利でとりあえず優勝して、30分もしないうちに、

ウチの師匠こん平のオレンジ色の着物を着せられて、もう大喜利に座らされていたんですよ。それぐらいでイイんじゃないですかね？

いやあ、この内緒ごとに一番近づいてきたのが、『ナイツ』［＊6］でした（爆笑）。仕事で『ナイツ』と一緒になったら、普段ボクの楽屋なんか全然来ないんですよ。なのに、

「師匠、知ってんでしょう？（笑）　ねぇ、絶対に……、ラジオでしか言いません」（爆笑）

って、訳の分からないことを……。もう、喋っちゃいけないような人たちばっかりが集まってきてね。でも本当に、一之輔さん［＊7］になって良かったですよ。落語はピカイチだしね、人気だってあるし、いろんな番組もメディアも知っているしね。「素晴らしいな」と思っています。

こないだ初めての収録だったんです。2月の4日に収録をして、5日の日曜日に、もう、〝撮って出し〟って奴ですよ。でね、撮って出し……。編集があるんですよ。知ってますでしょう？　『笑点』ってあれ大体ね、30分ぐらい収録をして、それで面白いところだけ編集して、最低でも1週間ぐらいみんな編集してくれている訳ですよね、ここを、もう少し短くしようとか。今回は、前日に撮った

［＊6］ナイツ……2000年結成、塙と土屋の漫才コンビ。2008年M-1グランプリ3位。塙が「ヤホーで調べたんですけど」がきっかけに言葉をいろいろ間違えてゆくネタで人気を獲得した。マセキ芸能社所属、師匠は故・内海桂子。現在は漫才協会及び落語芸術協会の会員。

［＊7］一之輔さん……春風亭一之輔のこと。2001年春風亭一朝に入門し朝左久、2004年二ツ目で一之輔に改名。2012年同名のまま抜擢真打として昇進。ホールで行う独演会でも常に客席をいっぱいにする人気者。2023年『笑点』大喜利メンバーとなる。

素材《やつ》を、慌ただしく編集して、次の日に放送《だ》すんで、ボクは円楽師匠亡き今、プチリーダーみたいになっているんで、好楽師匠にだけは伝えました。

「好楽師匠、編集の時間がありませんから、もう頭ん中で『面白くないな』っていう奴は答えなくてイイですから……」（爆笑・拍手）

そしたら、好楽師匠は、

「あっ、たいちゃん、ありがとう」

って（爆笑）。そして本当に答えませんでした（笑）。おかげで、編集もスムーズでした（笑）。

季節、季節を、『笑点』の大喜利というのは扱っております。以前も豆まきを題材にして演っていました。この2月の3日は、ボク、いつも豊川稲荷の東京別院の豆まきのお手伝いをさせていただいているんです。

本当にお手伝いなんですよ。お相撲さんとか、芸能人の人とかが出て来る後ろで、ボクは豆が入った袋を持って、一升枡で、もうまき終えちゃったお相撲さんの枡の中に、豆を入れるっていう係なんです（笑）。ずっと表に出ない豆まきをしてたんですけども、それも今年はなかったんですよ。

子供の頃、秩父神社は、『鬼やらい』っていう古式ゆかしい儀式をやっていました。秩父は鬼が出てくるんです、ちゃんと。青鬼に、赤鬼が10人ぐらい出てきて、最初ね、神主さんとね、話し合いをするんですよ。

鬼も鬼の言い分があるんで、それを神主さんたちもちゃんと聞いてあげるんですよ。そういうところって、なんか温かみがあって、会談が決裂して最終的には豆を投げて退散させるんですけれども、そういうところが凄く素敵でね。

ウチは、「鬼は外。福は内」ではありませんでした。ウチは大きな声で、お父さんが。

「明、大きな声で遠くまで聞こえるようにやりなさい」

「福は内、福は内、福は内！」

って、やっていました。ウチはテーラーだったので（……爆笑・拍手）、コマーシャルですよね。「服はウチで注文してください」という、「服はウチ。服はウチ」とやっていました。ちゃんと子供の頃に父親が教えてくれて、「まいたらすぐに玄関を閉めなさい」。今は教えられてない親だから、教えることも出来ないんでございましょうか？　もう、ほぼウチの近所も聞こえませんでした、声がね。10年ぐらい前は、まだね、子供が居る家なんかだとね、幼稚園で枡を作ってきて、子供にやらせたりなんかしていましたけども、今、ウチだけです。

結局、豆まいて掃除するのは、ボクなんですよ（爆笑）。なんで、ちょっと最近賢くなって、えっとねぇ、イケアの青い大きな袋を持っていまして、それを玄関に置きまして、その中に向かって豆をまく（笑）。そうすると、掃除しなくていいんでね（爆笑）。だけど……、何か寂しい（笑）。

『節分の新作落語（演目名不明）』へ続く

林家たい平の開口一番

2023年4月9日　横浜にぎわい座
『天下たい平』Vol.114より

（開演時に緞帳［＊1］が上がると、めくり［＊2］には「林家たい平」の名前が書かれ、本来は前座の「開口一番」［＊3］の登場時に林家たい平が登場した）

いっぱいのお運びで、まずは開口一番の前座でお付き合いいただきたいと思います（笑）。と、言いますのも、前座が足りませんで、今日はわたしの弟子のさく平も『新宿末廣亭』で昼夜通しで働いております。人数が足りないので、「すいません」と言われて仕方がありません。

ですから、太鼓も何もみんな、あずみちゃんと2人でずっと、今日は（笑）。ただ、ちょっと心配なのは、今、上がるときには自分で太鼓を叩いて、あとは簡単な太鼓だったら、あずみちゃん出来るんですけども、仲入りのときの太鼓も2

［＊1］緞帳……ある程度の規模のホールにある、客席から舞台を隠す幕。通常は上部に格納され、開演・終演の際に上げ下げされる。

［＊2］めくり……寄席や落語会で舞台の袖近くに掲げる芸人の名前を書いた紙。大体は幅2〜30センチ、縦100センチくらいの短冊状の紙。これに寄席文字という独特の書体で名前が書かれている。またこれを掲げる木枠もしくはT字形の台は高さ150センチほどである。

［＊3］開口一番……寄席や落語会で最初に出演する芸人はおおむね前座の立場なので芸名は公表されない。したがってただ「口を開く一番目の芸人」であることを表す意味で〝めくり〟にこう書かれている。

人必要なんですよ。

わたしが高座《ここ》に居ると、太鼓は叩けませんので、落語が終わったあと、袖《むこう》に戻ってから太鼓を叩きます（爆笑・拍手）。ちょっとタイムラグが発生しますが、それはそれで、「楽しんでいただければ」と思っております。前座がたくさん入ってくるときと、入門者が少なくなるときと、交互に繰り返しているんですね。ボクが落語家になったときには、ちょうどバブル全盛期ですから、落語家になろうなんていう奴は居ませんでした（笑）。

変な話、何にも仕事をしなくても、たくさんの給料がもらえるような不思議な時代でしたから、就職先もたくさんありますし、だから落語家になる人が居なかったんですね。最高に少なかったときには、7人。7人で上野の鈴本、浅草、池袋、国立演芸場というふうにやっていました。だから、1人で太鼓を叩けるようにもなってるんですね。

太鼓叩きながら緞帳を下ろしたり（笑）。全部出来るようになりまして、何でも自分1人で出来るようになって、……今もそうですね。

お自宅《うち》では、前座のようなもので（爆笑）。掃除機もかけますし、朝の溜まった食器も洗いますし、洗濯機も回しますし、干しますし、畳んで引き出しに入れ

［＊4］江戸家猫八さん……2009年父である動物ものまね四代目江戸家猫八に入門。2011年二代目江戸家小猫を襲名しデビュー。2023年五代目江戸家猫八を襲名。珍しい動物の鳴き声まで研究している努力家。

るのも全部、わたしでございます。それはもう前座のときに培った……、ボクの結婚生活とは、ちょっと自由のある内弟子生活（爆笑）。

今、新宿末廣亭は五代目の江戸家猫八さん［*4］の襲名でございます。2009年に、今の五代目の猫八さんのお父さん、小猫でテレビでも活躍をしていたお父様が、四代目猫八を襲名して、そしたら、……お父さんは早くにお亡くなりになってしまったんですよ。本当に急死と言っていいぐらいにお亡くなりになってしまって、「どういう気持ちなのかな？　頑張ってほしいな」という思いを込めて、この独演会にも、その当時はまだ小猫さんでしたけども来てもらいました。

義理堅い男なんですよ。普段は口上［*5］に5、6人の、その落語協会の幹部クラスの人たちが並ぶんですけれども、「自分は色物［*6］だ」という意識の中で、大好きな色物の先輩にも高座に上がってほしいということで、橘之助［*7］お姉さんと、紙切りの正楽師匠も一緒に並んで……。ですから、多いときには9人ぐらい口上に並びましてね。

それほど皆に愛されている猫八さんでして、芸も本当にしっかりしているんですよ。勉強熱心、研究熱心。お父様とは全く違うスタイルで、一所懸命に動物の物真似をしております。あるときね、面白いんで、その当時は小猫さんでしたけ

［*5］口上……真打披露口上のことを略して口上と呼びならわしている。通常は寄席の舞台に師匠他協会の重鎮落語家が並ぶ。

［*6］色物……落語の定席においては落語家の名前は墨で黒々と書かれているが、落語家以外の芸人は赤色で書かれることから、落語以外の芸種を色物と呼ぶようになった。

［*7］橘之助……二代目立花家橘之助のこと。1979年三代目三遊亭圓歌にスカウトされ入門。三味線漫談で活動を始め、1992年からは初代三遊亭小円歌として活躍、2017年二代目立花家橘之助を襲名した。

ども、上野動物園に行ったことがありました。で、

「この動物は、なかなか鳴かないんで、いつもこの檻の前に3時間ぐらい居るんです」

って。その日も全然鳴かないんです。鳴かないっていうよりも、小猫さんの顔を見ると、檻の中に嫌な顔して入ってっちゃうんですよ（笑）。物真似されたくないんでしょうね。「また来てるよ」っていう感じで、スウッと入ってっちゃうんですよ。それぐらい勉強熱心でね。

普段、鳴かないようなものまで、一所懸命に研究をして、アフリカにまで行ってね、野生の動物を観察したり。もう日本全国の動物園はバックヤードに顔パスで入れるぐらい、日本中の動物園の人が猫八さんのことを知っているんです。そして、また人間が優しいんでね。ええ、是非見にいらしていただければなと思っております。

何かイイですよね。お父様に大切にされて、そして、「自分は継がない」と思っていたとき、子供の頃に習った指笛を吹いたら何かDNAみたいなモノが呼び起こされたんでしょうね。

「お父さんの跡を継ぐんだ」ということになって、大学に通っていたときに、お

父様に弟子入りをしました。落語のほうには、あまりそういう真面目な若旦那というのは出てまいりませんね。どっか道楽が過ぎまして、行くところが無い。どこに行ったのかというと、実家《そこ》に出入りをしております職人の家の二階に厄介。これが十階の身の上……。十階と言いましても、モーゼやキリストの十戒《じっかい》ではございませんで、二階に厄介（八階）で足して十階という……（笑）、すいません、前座なので（爆笑・拍手）、まくらは大して話しません。落語にいきなり入りますんで、よろしくお願いしたいと思います。

『湯屋番』へ続く

笑顔の花を咲かせたい

2023年4月9日　横浜にぎわい座
『天下たい平』Vol.114より

あずみちゃんが、「さく平が逃げたんだ」と怒っておりましたけれど（笑）、「あずみちゃんも、今月は逃げたほうが良かったんじゃないか？」、そんなふうに思っておりました（爆笑）。でも、果敢に挑戦する姿、わたしは大好きです。そして、今、振り返って、「ボクは、あずみちゃんと握手をしたことがあるだろうか？」（爆笑）、自発的にボクの肩のマッサージをしてくれるんですけども、必ず1枚タオルをかけていたのは（笑）、……優しさではなくて、汚いものを触る気持ちだった（爆笑）。

（袖から、林家あずみが登場）

「違う。違う！　それは、違う（爆笑・拍手）。師匠は汚くないんですよ。かまさないと、洋服がダメになっちゃうのでね」（爆笑・拍手）

（林家あずみが退場する）

うん。とても可愛らしい……、本当に（爆笑）。毎回思いますけども、「あずみちゃんが居て、良かったなぁ」と思っております。毎回、毎回、独演会《ここ》で挑戦をさせていただいて、温かく見守っていただく。お客様に育てていただいて、上手く出来たときと、出来なかったときでも、ずっとニコニコ帰ってくださる。そういう中で、育てていただいているんですね。今日も、あずみちゃんがああやって挑戦をしていますので、ボクも一席ぐらいは、ネタおろしをしなきゃいけないということで、頑張ろうと思っているんですが。

ＷＢＣを観てきました。ちょうどチェコ戦でした。

素敵でした。いろんなメディアで言われていますけども、「日本人って素晴らしいな」って思いますね。５万人が一つになっている。それからいくらね、日本よりは格下とは言いながら、もうチェコの選手の１人、１人、一挙手一投足にちゃんと拍手をして称えているっていう……、日本人の姿がとても素敵で……。またそのあとのアメリカに渡った大谷翔平がチェコの帽子を被って、それも正面にチェコの帽子ではなくて、後ろに被ったりなんかする。そういうちょっとシャイさもあって、……でも、称えたい気持ちがあって、そういうところがまた日本人だなと思わせてもらいました。

イイですね。時々サッカーのワールドカップがあったり、WBCがあったり、やっぱりスポーツってイイですよね。一つになれますね。オフィシャルの「J」という帽子が売り切れていたので、それでも何か一つになりたいっていう思いから、百均で紺色の帽子を買ってきて、フェルトでジェイって作って（爆笑）、日本の旗もフェルトで作って、それを被って家族で応援しました。

メキシコ戦のときなんて、それこそ、カミさんとハイタッチして、抱きあったりなんかしていました（笑）。

何か、そういうことを自然にさせてもらえるスポーツの力っていうのを感じました。

完全に体型で日本人が負けるなんていうことが、無くなってきましたよね。昔は、どんなスポーツやっていても、「これはしょうがないよ」って、身体が小さいんだから……。バレーなんかやっていたって、そうだったでしょう？「もう2メートルぐらいある奴に勝てる訳ないよ」って思って、何となく諦めの中で観ていたじゃないですか？　それがもう今、全然そんなこと無いですもんね。外国選手よりも大きかったり、大谷翔平だって、ダルビッシュ（有）だって、(佐々木)朗希だって、負けない体格。

ダルビッシュが196ぐらいでしょう、身長が。それで足の長さが120ぐらいあるでしょう(笑)。もう、座ったわたしの頭の高さまで裂けちゃっているんですよ(爆笑)。皆、ズボンを穿いているから気がつかないだけですよね(笑)。

本当に日本人が凄くなったのと、もう一つ、WBC観ていてね、良かったのはね、ヌートバー選手[*1]。何でもそうでしょう。サッカーでも、ラグビーでも、外国のお父さんだったり、お母さんだったり、それで帰化してきたり、そういう人たちをね、やっぱり島国だったんで、以前はそういうことが、何となく受け入れがたいものが微妙にあったのが、今もう、そういうのが無くなって、凄く良いですよね。ヌートバーなんか、あんなに皆に愛されて、「ヌー!」とかって応援されてね。本当にスポーツは素晴らしいなって思いました。

歓喜の美酒の輪の中に、20歳の高橋宏斗はね、入れない訳でしょう。日本だと20歳から酒を飲めるんですけど、アメリカは21歳からしか酒が飲めないから。だからシャンパンファイトに出られない。あの美酒の中に加わりたかったでしょうね。でも、いつかまたその中に加わって、美味しい酒を飲もうという、そういう原動力が必要なんじゃないかなって思いますよ。


[*1]ヌートバー選手……ラーズ・ヌートバー。MLBのセントルイス・カージナルスに所属の野球選手。母親が日本人であることから2023年3月に行われたWBCにて日本チームに迎えられ活躍した。彼のトレードマークであるペッパーミル・パフォーマンスが人気となり、結果日本チーム全員がヒットで塁に出るたびに行うようになった。

……お酒が美味しい季節ですね（笑）。あっという間に桜が散ってしまいましたが、4月の16日に石巻に行ってきます。ずっと続けているチャリティー落語会に行ってきます。「たい平桜」ってのがあって、今、毎日、「今、たい平桜は、これくらい咲いていますって写真を石巻の人が送ってきてくれるんですけどね、今日あたりが満開。で、16日まではどうだろう？　花が残っているかなという感じですよ。

桜って偉いですね。何の見返りも無いですよ、咲いたところで。そう思わないですか？　他の花ってね、花を咲かせることによって、昆虫を誘《おび》き寄せたり、そこで受粉をさせたりするっていう、そのために花を咲かせているじゃないですか。桜もちっちゃい実がなりますけども、そこからまた桜の木がボーボーに芽を出してっていうことでは、ほぼ無いじゃないですか。にもかかわらず、あれだけたくさんの花を一気に咲かせて、「誰のために咲かせているんだろう？」と考えたら、人間のためでしかあり得ないですね。

あんなに人の心が分かっている花っていうのは、無いんじゃないかなっていうぐらいに、桜って本当凄いなと思います。だって良いことは一つも無いですよ。桜の花が咲いたら、たくさんの人が来て、ワイワイワイワイ騒いでいるだけで、根っこのところを踏み潰して、踏み荒らして、固くしちゃったら、水が土の中に入っていかないんでね、桜にとって良いことなんか一つも無いんですよ。小便引っ掛けたりするような奴も居る訳でしょう?(笑) にもかかわらず、皆が喜んでくれてるんだろうなという思いで花を咲かせている。凄いですね。

桜から一番、気をもらおうと思ったら、花の蕾が一番膨らんで、もう明日開くなっていうときが、桜の木に触るチャンスなんですって。それは、気が充満している。だって一気に花を咲かせるパワーが、あの幹の中にあるんですよ。ということは、もうそこに気が充満しているんで、手を当てると桜から元気がもらえるんです。

本当に桜には、尊敬しかありません。「あんなふうに、いろんな笑顔の花が咲かせられるようになったら良いな」と思っている今日この頃でございます。

『花見酒』へ続く

息子と2人で温泉旅

２０２３年４月９日　横浜にぎわい座
『天下たい平』Ｖｏｌ．114より

ありがとうございます。もう一席の辛抱でございますんで、お付き合いいただきたいなと思っております。もう今、コロナ前に戻りましたね。ほぼ８割、９割戻っています。浅草なんて凄いですよ。

観光客は、ほぼ外国の方だなと思うぐらい、……「外国の方」っていう言葉が、このあいだナレーションを録っていたら、「良くない」って言われて、「外人」っていうのは、前からね「良くない」と言われていて、「外国の人」は、今まであまり注意されたことがなかったんですけども、「外国の人は、良くない」って言われて、「何て言ったら良いんですか?」って言ったら、「海外の方」（爆笑）。よく分からないですね。なんか外の国っていう言葉が良くないのかも知れませんけど。海外だってね、海の外もあんまり変わらないと思うんですけどもね。自主規制なんでございましょう。

今、凄いんですって。もうどこに行っても、ホテルがとれないんです。九州、北海道、大阪、どこへ行っても、もうホテルの予約がいっぱいで、まだ観光支援というのをやっているみたいですから、そういうのもあってね。このあいだ、久しぶりに2日間連続で休みがとれましたので、「どうしようかな？」と思って、板橋のほうに天然温泉があるんでね（笑）。「そこに行こうかな？」って言ったら、マネージャーが、「師匠、頑張っているんだから、1泊ぐらいしてきたらどうですか？」って、パソコンで箱根の宿をとってくれて、あと1室って書いてあって、で、2人って書いてあったんで、大学生の息子と行ってきました。

楽しかったですね。男同士で、のんびりと風呂に入ってね。部屋にお風呂がついてるところだったので、もう3時のチェックインから、明くる朝の11時まで、男2人ほぼ全裸で過ごさせていただきました（笑）。

夜中の3時に起きたらね、隣に寝ている筈の息子が居ないんですよ。「あれ、大浴場にでも行ってんのかな？」と思って、捜したら、もうひと部屋あって、その襖を全部閉め切って、布団無いところで寝てました。ボクのイビキが凄く煩かった（笑）。ずっと楽しい旅行だったんです、ボクにとってはね。だけど息子にとっては、「もうお父さんとは、イビキ煩いから、旅行くの嫌」って思わしちゃったかなと思うと、「あんなに酒飲まなければよかった」と思いながら（笑）。でも、完全オフのときは、朝からずっと酒飲んでいたいんですよね。

帰ってきてから息子に、「どうだった?」って訊いたら、「あっ、お父さんありがとうございました。とても楽しかったです」なんていうふうに（笑）、余所余所《よそよそ》しい言葉で（爆笑）。

イビキはどうすることも出来ないというか、亡くなった志ん朝師匠は電車が大好きでね。電車が大好きで、飛行機が苦手だったんですね。だから電車の旅でした。長崎の独演会のときも、その当時は寝台車がありましたんで、寝台車に乗って長崎まで行っていました。寝台のグリーンでね。昔の寝台のグリーン、懐かしい感じで、多分乗ったことがある方はお分かりだと思いますけれども、普段はグリーン車のボックス席になっていて、ベッドメイクの人が夕方になると来て、このボックスになっている奴をガシャンッてやると、下が平らなセミダブルぐらいのベッドになって、上にもう一つベッドを作ってくれて、そこで寝るんですよ。

ボクは上。ボクは志ん朝師匠のことを知っていたので、志ん朝師匠が見てないときに、お燗機能付きの日本酒を2本買って、志ん朝師匠の上で寝ました。

隣にたまたま座った凄く素敵なご婦人が、志ん朝師匠を見つけて、「ワーッ！こんな嬉しいことはありません。私、大好きな志ん朝さんと長崎まで一緒なんだ！　幸せです！」

って、言って（笑）、……朝、ゲッソリしてました（爆笑）。わたしを見るなり、

「……眠れませんでした。イビキが凄すぎて……」（爆笑）

もう電車の音すら聞こえないんですよ（笑）。ガタガタガタガタというのも聞こえない。

「クワァァァァァー！　コゥウウウウウウ！　クワァァァァァー！」

このくらい（爆笑）。目も真っ赤に充血して、あんなに「楽しい」って言っていた人が……。でも、何が起こるか分からないのが旅ですからね。

もう新幹線がちょうどいいですよ、ギリギリ。あれも速すぎますけどね。今度、リニアが出来たらどうなっちゃうんですか？　速すぎますでしょう。実験線がね、「都留《つる》」［*1］ってところにあるんですよ。山梨の大月の隣が都留市っていうところで、都留のところに実験線が昔からあって、ボク、前に都留に仕事に行ったときに、一瞬だけリニアが見える橋梁があるんですよ。あとほとんどトンネ

［＊1］都留……山梨県の東部、大月市と富士吉田市の中間点にある市。リニアモーターカーの実験線があることで有名。

ルなんですけども、そういう一瞬だけ見えるところがあって、そこを歩いていたオバさんに、

「リニア見ました？」

って、言ったら、

「見える訳ねぇよ！　速すぎて」（爆笑・拍手）

凄いですよね。「速すぎて見えない」って思っているらしいんです。

あれ、磁石の力で浮いて走るんでしょう？　名古屋まで40分ぐらいですか。どうなんですかね？　その時間が短縮になった分、向こうに着いて仕事をしなくちゃいけないっていう思いもあるし、一つだけ、何がイイことはないのかなぁと考えたら、磁石の力なんで、肩こりとかとれるんじゃないかと（爆笑・拍手）。そうなったらイイですよね。


「おい、もう、やめたらどうなんだよ？『明日、山に登る』って、そう言ってんじゃねぇか。お前は、いつまで経っても、貧乏性なのか知らねえけれども、人の酒だとずっと飲んでんだ。山に登るんだ、山に」

「へへへェ、大丈夫でございますですよ。山登りなんざぁ、朝飯前でございます

からね」

「ああ、そうか、いつまでもそういうことを言っとくんだ。もう、分かった。私は先に寝るからな、いいね？！」

「へェへェへェ、お安い御用でございまして……」

「オイ！　一八！　こっちへ来い。こっちへ。早くこっちへ来るんだ」

「へぇ、どうも、ありがとう存じました。いや、いやあ大将にね、言われたときに、やめとけば良かったんでございますけどね」

『愛宕山』へ続く

木久扇師匠の偉大さを語る

２０２４年４月12日　横浜にぎわい座
『天下たい平』Ｖｏｌ．120より

ボクの同級生の友達がいて、この間、上野の東京都美術館で会ってきました。彼女は、韓国のグループが大好きなのと、パンダが大好きなんですね。パンダの情報を全て手に入れてるぐらいの情報量なんです。韓国のグループを愛しているので、韓国に年５回ぐらい行っているんです。ハングルも出来るんです。

韓国のテレビを見ていて、韓国のパンダも中国に返還するっていうことがあって、韓国の人たちもパンダ大好きで、韓国で生まれて中国に返還されたパンダに韓国の人が会いに、「今、元気かな」っていう、そういうテレビ番組があったんです。

そしたらそこに、日本のパンダ好きのオバさまが２人、シャンシャン［*1］に会いに来てるオバさまが２人、顔は映ってないんですけど、この日本人２人が、

［＊1］シャンシャン……２０１７年上野動物園にて自然交配で誕生したジャイアントパンダの名前。名前は一般公募で「香香」と書いてシャンシャンと発音する形で決まり、一躍人気者となった。２０２３年日本人から惜しまれつつ中国に返還された。

「シャンシャン！　元気で良かったぁ！」

って、大きな声でシャンシャンに向かって言ったんです。そしたら、(扇子を咥えて呆然とした表情・爆笑) これは一応、竹ですからね (爆笑)。急におかしくなった訳じゃないですよ。一応、竹をパンダが食べてる仕草演ってみたんですけど、そしたら、今まで一所懸命笹を食べてたパンダが、

「シャンシャン！　元気で良かったぁ！」

って、いう日本語を聞いたら、耳が……(笑)、そして食べるのやめて、どっかから日本語が聞こえてくるところを探している。そしたら韓国のテレビのワイプに映ってる人もビックリしてる訳ですよ。

「こんなことあるの？　日本語分かるんだ！」

日本で飼育員がずっと大切に育ててきて、日本語でずっと世話をしてたから、日本語の響きが分かるんでしょうシャンシャンは。で、今は中国語だから、

「もう分かんない。訳分かんねぇよ (爆笑)、今、何言ったんだ？　とりあえず。謝謝《シェイシェイ》、謝謝！　って、返事しておこう」

なんてね。笹をもらってるんだから一つだけ出来る中国語、みたいな……。もう分かんないっすよね。帰国子女なんだから (爆笑)、それがいきなり、

「シャンシャン！　元気で良かったぁ！」（扇子を咥えて呆然とした表情・爆笑）探し始めたんですよ、声の主を。普段ね、シャンシャンは絶対に歩いて近づいてこないんだって。それが、その声のもとに向かって、笹を食べるのをやめて、歩いてギリギリのところまで来て、ずっと探しているんですよ。凄いですよね。だから、動物のほうが、そういうの忘れない。

あずみちゃんはボクが育てたことをすっかり忘れてる（爆笑）。自由に育ちすぎちゃっているんですよ（笑）。ボクが言ってることなんて、

「こうしたほうがイイ……」

「あー！　謝謝！　謝謝！」（爆笑・拍手）

って。シャンシャンと変わらないんですよ（笑）。

パンダでもう一つね、思うことがあるんですよ。さっきね、プーさん［＊2］の歌を聞いていて、プーさんはなまじTシャツ着ているから、変態に見えるんですよ（爆笑）。全裸だったら、別に普通に動物だからね、熊なんだから。そう考えたら、パンダだって凄いでしょう？

あれ、上野動物園に行って、もうすぐあの双子も喧嘩が過ぎるんで、もうバラ

［＊2］プーさん……原作は1926年に発行されたイギリスの作家A・A・ミルンの児童小説。『クマのプーさん』。1960年代にアメリカでディズニーのアニメ作品としてヒットした。

バラに飼育するようになっちゃうんですけども。1日のうちほぼ半分は、皆さんが見られる時間の半分は寝ているでしょう、それも凄いっすよね。こっち側に股をバァーッとおっ広《ぴろ》げてぇ（爆笑）、ボリボリボリボリ掻いている（爆笑）。あんなのだって、皆、「可愛い！」って言っているんでしょう？

あれ小遊三師匠だったら、どうですか、皆さん？（爆笑・拍手）フリチンで、ずっともろ出しで、ポリポリポリポリして、可愛いですか？　パンダだから可愛いんですよ。そんなことを、今、プーさんの歌を聞きながら（爆笑）、ずっと思っていたんですよ。

木久扇師匠、『笑点』を引退しましたね。寂しいですよ。55年間、凄いですよ。ボクは60歳、今年ね、12月で。もうボクの1歳半のときに、『笑点』が始まっていて、その数年後には、もう木久扇師匠は入られていて、最初の頃は、木久扇師匠に聞く話では、いつも皆に、「つまらない。つまらない」って言われて……。だけど先代の圓楽師匠だけ、

「木久ちゃんは、木久ちゃんらしく演りなさい」

って、ずっと応援してくれて、「大丈夫だよ。大丈夫だよ」って言ってくれて、あるときに「チャンバラが大好きだ」って話になったとき、「チャンバラの

物真似しなさい」って言われて、

「(嵐寛寿郎[*3]の口調で)杉作[*4]、日本の夜明けは近いぞ」

って、演ってから、木久扇師匠のワールドが少しずつ出来てきたんですよ。で、55年。

引退しちゃいました。100歳まで、120歳まで、木久扇師匠は居てくれると思ったんですけどね。だって、日本に残された唯一の終身雇用制度じゃないですか(爆笑)、『笑点』って。本当に、身が終わるまで居る雇用制度じゃないですか? それが居なくなっちゃってね。ご自分で座布団に座れなくなっちゃったっていうところも、きっとおありだったんでしょうね。

後進に譲る……。「後進に」っていうか、本当は木久蔵君に譲りたかったでしょうね。これはもう親子ですもん、だって、木久蔵という自分の名前を譲ったんだって、そういう思いがきっとあったと思いますよね。自分が譲って、数年後には、木久蔵も、もうひとかどの木久蔵になっていて、もう押しも押されもせぬ木久蔵になっていて、もう誰が何と言おうとも、「あそこの黄色のあとは、木久蔵だ」って言われたいって思って、一番自分が輝いているときに、自分の大きな名前を生前贈与した訳でしょう。それが、あれ……ですからね(爆笑・拍手)。

[*3] 嵐寛寿郎……戦前戦後を通しての時代劇スターとして有名。通称アラカンの名で親しまれた。ヒット作は『鞍馬天狗』もの の映画だけで40本、『右門捕物帖』が36本もあったという。

[*4] 杉作……『鞍馬天狗』に登場するキャラクター。主人公の鞍馬天狗を小父さんと慕う少年の名前。木久扇は「杉作、日本の夜明けは近いぞ」というセリフを創り、嵐寛寿郎の物真似をした。

晴の輔君［＊5］に決まった次の日、ボクは木久蔵君に電話してね、「2人で飲もうよ」って言って飲みました。ここだけの話ですけど、誰にも話してないし、する話ではないけれども、オレ、涙が出そうでした。

「兄《あに》さん……」

ボクのことを「兄さん」って言うんですけど、

「兄さん。俺、頑張りますよ。今回、一度出られなかったからって、俺は諦めた訳ではありません。今回出られなかったことで、俺に何が欠けているのか、何が俺に足りなかったのかを気づかせてもらいました。そして、俺は父を見て、ずっと育ちました。父に憧れて落語家になりました。そして父の落語家人生のほとんどが『笑点』とともにあったんです。だから、師匠・木久扇は、『笑点』そのものなんです。だから僕は『笑点』に出ることが、父の跡を継ぐという意味であるし、憧れの先輩のあとに続きたいという思いが凄く強いので、ボクは、（武田鉄矢の口調で）諦めましぇん！」（爆笑）

って。そこは木久蔵君が武田鉄矢の物真似をした訳ではないですけども（笑）、皆さんが退屈そうだったので（爆笑・拍手）。凄い、「ボクは諦めません。頑張ります」と言って。晴の輔君よりも若いんです。実は、木久蔵君のほうが

［＊5］晴の輔君……立川晴の輔のこと。1997年立川志の輔に入門し志の吉。2013年真打に昇進し晴の輔に改名。2024年4月『笑点』大喜利を勇退した木久扇の代わりに新メンバーとして加わった。

ね。晴の輔くんが、51歳でしょう？　木久蔵が49歳ぐらいですから、まだまだチャンスは（笑）、……いやいや、だって全然チャンスありますよ。あんな若作りっていうか、バカ作りっていうか（爆笑）、なので全然（チャンスが）あってね、その言葉が凄くカッコ良くてね。

父を見て、育ち、父は『笑点』そのものだから、僕は絶対に『笑点』を目指すって、頑張りますって、あんなちゃんとした言葉を木久蔵から聞いたのは、初めてですね（爆笑）。

いろいろと話してて、

「なんかお前、悩みあるのか？」

と、

「（木久蔵の口調で）僕だって、いろいろありますよ、兄さん、悩みは」

「例えば？」

「え～と、……忘れちゃったぁ」（爆笑）

って、言っていました。そんな彼がね、今回のことで凄く成長して、また一つ階段を上がって、良い落語家になっているんじゃないかなぁ、なんていうふうに思いました。

『笑点』の最後の収録は、ボクもビックリしました。お客様全員にあの黄色いタオルが渡されていて、皆でもって黄色いタオルを振ってくれる。

今までのメンバーの皆、ほとんどはね、亡くなってからの引退ですから、ああやって元気なときに引退して後進に譲るって、凄いじゃないですか？　今ね、滅茶苦茶株が上がっているんすよ（爆笑・拍手）。

引き際っていうのが、今までの落語家に無いカッコ良さがあってね。ああいうのを本当に間近で見てる好楽師匠は、今何を思っているんだろうと思いますよ（爆笑）。

55年間、自分は最後のときに、司会者から、

「テレビの前の皆さん、そして会場の皆さんに一言」

って、言われて、「何が言えるかな？」と思ったときに、やっぱり木久扇師匠は天才でしたね。

「また、来週！」

って、言ったんですよ（爆笑）。また来週なんかあり得ないと思ったんですが、次の週の収録のときに、日テレのトイレに黄色い塊がすっと入ったのを見たんです（爆笑）。何か黄色い塊が、今、すっと入っていったんですよ。「まさか、

先週引退したんだから、居る訳ないよなぁ」って思っていたら、晴の輔さんのときに、黄色いオジさんが出てきたでしょう?(笑)

木久扇師匠のもう一つ凄いところをお教えしましょう。「人は、2度死ぬ」ってよく言うじゃないすか? ボクもよく言っているんですよ。だからボクは、円楽っちを、2度殺さないようにしているんです。1度目の死というのは天国に行く。そしてもう1回は、人から忘れ去られたときに、これが2度目の死ですよね。2度目の死を迎えさせないために、思い出話をいっぱい語りますっていうふうに、ボクはいつもお客さんの前で言っているんですよ。

木久扇師匠のその凄さは、その先駆者ですよ。だってこん中で、彦六師匠[*6]、先代の正蔵師匠[*7]を生で見た人なんて、どれぐらい居ます? ほぼ皆無ですよ。なのに、皆さんの頭の中、心の中に、彦六師匠は生きているんですよ。会ったこともないのに、存在し続けているんですよ。それは何故かっていうと、ずっと、木久扇師匠が物真似をし続けているからです。

だって誰も知らないでしょう? 若い子供たち、今日さっきね、あずみちゃんの八木節で笑っていた子供が居ましたけれど、子供だってもう彦六師匠なんて分からないけど木久扇師匠が演ってる彦六師匠は分かるから、「そういうお爺ちゃ

[＊6] 彦六師匠……林家彦六(八代目林家正蔵)のこと。七代目の正蔵(林家三平の父)だった海老名家にいずれは正蔵の名跡を返すという約束の下に八代目正蔵を襲名したが、1980年林家三平が逝去したことを機に名跡を返した。以後、彦六と改名。木久扇の演じる物真似でも有名になった。

[＊7] 先代の正蔵師匠……前述の通り、林家彦六の前名。

んが居たんだな」ということで、彦六師匠はずっと生き続けてるんですよ。凄いですよね。

「師匠、何で、お餅にはカビが生えるんですか？」

「（彦六師匠の口調で）バカヤロウ、早く食わねぇからだぁ」（爆笑・拍手）

そういうので、ずっと演り続けているから、彦六師匠は死んでないんですよ。2度目の死を迎えてないです。凄いですよね。

「焼き餅は遠火に焼けよ　焼く人の胸も焦がさず　味わいも良し」

なんて言ってね。ほどよく焼く。これなかなか難しくてね、全く焼かれないというのも微妙ですよ（笑）。ね？「好きにしなさい！　アンタの人生」なんて言われて、……微妙にちょっと焼き餅焼いてくれるぐらいのほうが……。昔はね、そういう修行というかね、昔の人は出来ていましたね。今は、そういうことが出来ないから、いきなりそれこそSNSの中で焼き餅焼いて、人を殺めたりなんかする訳じゃないですか？　昔は現実としてね、焼き餅焼いたらやってられないような、そういう状況があった訳ですよ。

ご本妻とお妾さん。こんなのはもう昭和じゃないと、使えないような落語はもう次から次へと出てきますけれども、昔あったんですよね、やっぱりね。ある程度頑張れる人が、2号さん、3号さんといって、自分の蓄えの中で、そうやって養えるような……。

話は逸れますけれども、ボクは鶯谷に住んでいたんですよ。大師匠三平の家《うち》。根岸っていうんですけれどもね、台東区の根岸。でも、町の名前は鶯谷ですよね。JRの鶯谷の周り。で、あそこホテル街なんですよ。いわゆるラブホテル。で、なんでラブホテルがあんなにいっぱい……、「根岸の里の侘び住まい」って言われたとこなんですよ。それは、一等地って意味なんですよ、根岸の里の侘び住まい。上野にも近いしね、花見も出来るしね。もう凄く一等地で正岡子規［*8］の子規庵があったり、とっても素敵な風光明媚な一等地だったのに、何で今あんなふうにラブホテルばっかりになったか？　ご存じですか？　あれはお囲いものの人たちが、大金持ちの人に囲われていたのが、皆、その一等地の根岸の里の侘び住まいだったんです。そこにお囲いさん、……もう落語ですからご勘弁いただきたいと思いますけども、2号さんとかね、お妾さんっていう、そういう人たちを住まわせていたんです。でも、住まわせていたんだけど、旦那のほうのお店《たな》が傾いてくる訳ですよ、時代の流れとともに。そうすると、このお妾さんたちは、入金がない訳ですよ、旦那から。でも、食っていかなきゃいけない訳です

［＊8］正岡子規……俳人、歌人、文学者。1867年生まれ、1902年逝去。「柿くへば鐘が鳴るなり法隆寺」の有名な句がある。野球が好きで、英語のバッター、ランナー、フォアボール、ストレートなどを打者、走者、四球、直球と翻訳した。

よ。生活しなくちゃいけない訳ですよ。そうすると、どうするかっていうと、広いお家をもらっているので、1部屋、2部屋ぐらい貸したって、自分が住むところは幾らでもある訳です。そうやって少しずつお金をとって部屋貸しをしていったのが、ラブホテルの走りというふうに……。落語って勉強になるでしょう（爆笑）。

落語っていうより、ボク、もう凄い知性がある（爆笑）。もう、武田鉄矢の三枚おろしぐらい（爆笑）。

「今日のうちにやってしまおうと思ってね。帳面のほうも合いましたよ。やぁ、目が草臥《くたび》れた」

「あなた、今日はいつになく、風が強いですね？」

「そうだな、さっきからガタガタガタガタ、表の木戸が、あらぁ、随分と強い風が吹きつけてるってことだな」

「そうなんですよ。私のところはイイんですよ。皆、番頭さんはじめ、奉公人の若い人たちが居ますからね。この風で火が出たなんてときに、もう、これは男手があると言ったらなんですけれども、それはこと足りるんでございますけれどもね、私からこんなことを言うのは、なんだかおかしな話ですけれども、どうですか？　あの娘《こ》のところに行ってあげたら？」

「えっ？　あの娘ってぇと？」

「いや、あの娘って言ったら、あの人に決まっているじゃありませんか？　あその家《うち》は、あの娘と、婆やと、狆《ちん》［*9］が1匹。ね、火事が出たら、狆なんざぁ何の役にも立ちませんしね。婆やは、婆やで、逃げ回っているだけ。そんなところに、お前さんね、男が1人居るだけで、安心して眠れるんじゃないかと思いましてね、さっきからずっと考えていたんです。どうですか、あの娘のところに、今晩は泊まってあげたら？」

『権助提灯』へ続く

［＊9］狆……犬の種類。日本原産の小型の愛玩犬。体臭が少なく性格が温和なので屋内で飼うことに向いているという。

13年目の羽田空港第2ターミナル

2024年4月12日　横浜にぎわい座
『天下たい平』Vol．120より

小遊三師匠［*1］とボクは二人会が多いんですよ。面白いですね。小遊三師匠が面白いってよりも、お客さんが面白いですよ。結構、お客さんより早く着替えて帰れるんですよ。そうするとお客さんは、まだ凄い着替えに時間かかって、「なかなか出てこないんだろうな」と思っているんですけど、お客さんよりも早く駅まで歩いて帰れたりするんですよ（笑）。で、ボクなんか、キャップ被って、駅まで歩いていると、雷おこしとか買った、「まさに、今日見に来てくださった方だな」っていうオバさんたちが2人で歩いていて、その後ろを抜かそうとしたら、
「小遊三、スケベな話、一つもしなかったわねぇ〜」（爆笑）
って、言っている。あのう、落語のときには、スケベな話はしないですからね

［＊1］小遊三師匠……三遊亭小遊三。1968年三代目三遊亭遊三に入門。1973年二つ目で小遊三。1983年同名のまま真打、同年『笑点』大喜利メンバーとなる。番組中では下ネタキャラで有名だが、明るい語り口の古典落語の評価が高い。

（笑）。だけど、ずっとスケベな話をすると思って、頭ん中がパンパンになったオバさんたち（笑）、「どれぐらいスケベなことを言うんだろう」と思って来るのに、何にも言わないで、「え〜、落語のほうには……」なんてのが始まっちゃうんで、

「スッケベなこと、一つも言わなかったわねぇ⁉」

って、でっかい声で喋りながら歩いていました（笑）。

東日本大震災から、今年で13年目になりましたね。このあいだ、羽田空港で、波佐見焼《はさみやき》展をやらせていただいて、その会期中、ちょうど東日本大震災の起きた日で、13年前と同じ場所に居たんです。

ボクは羽田空港第2ターミナルで、あのときに被災したんです。もう、凄く怖くてね。第1ターミナルよりもガラスをいっぱい使っているんで、天井とかもガラスだし、2階のところも全部ガラスで出来ているんで、普段はお洒落なんですけど、もう揺れ始めたら、ガラスが全部落ちてくるんじゃないかっていうぐらいに、カッシャンガッシャンカッシャンガッシャンッて、凄かったですよ。もう「死んだな」って、本当に思うような。そこで、ボクは被災したんですよ。

で、このあいだのときに、同じ時間に、まさに羽田空港の第2ターミナルに行

って、黙禱もさせていただいたんですけど、いやあ、初めての経験だったのでね、皆、初めてだったと思うんですけども、でも、普段からやっぱりそういう脳内訓練とかトレーニングしてる人は、まず凄い地震がワーッってきたあと、何をすべきかっていうので、空港内のコンビニに、そういうトレーニングが出来ている人は皆駆け込んで、そこにある食料を買って、あと充電、携帯の充電器を買って、充電コード買ったりしているんですよ。ボクら、もうそんなの全く分からないから、ずっと揺れるところで、とにかく頭を庇っていたら、暫くして少し揺れが収まったときにコンビニに行ったら、もう何にも無いんですよ。何にも無いんでしょうがないから、カウンターの後ろ側に回って、こんなときは仕方がないんでね、カウンターのところのコンセントで充電させてもらって、次に困ったのは、段々段々暗くなって、もう何も身動き取れなくて、お腹すいてくる訳ですよ。もうパンも売り切れだし、第2ターミナルの中のどっかのお店に入ろうと思ったら、皆、そんなことは前から考えているんですよ。だからもう、空港の中の飲食店は、全部、ソールドアウトで無くなっちゃってんですよ。もう食べるものが無いんですよ。

皆、初動が早いんですよ。「困ったな」と思ってね。ボクよりも一つ年下のマネージャーが居るんです。山下さんという人が居て、一緒に被災して、もうどこも食べ物が無くて、「困ったな」と思って、ずっと6階まで上がっていったら、天ぷら屋が1軒だけ営業していたんですよ。

だから、天ぷら食べるしかないでしょう。お腹もすいちゃっているから、天ぷら屋に入ったら、窓の外の千葉のコンビナートが、もの凄い燃えているんですよ。それがテーブルの椅子から見えるんですよ。こんなでかい油の鍋が（笑）、余震でグラグラしているんですよ。そんなの、もう次に揺れがきたら大変なことになるでしょう。そんな中でも、お腹すいているんで天ぷら2人前頼んで、天ぷらを揚げてもらったですけれども、凄いコンビナートが燃えてる状況で、その職人が、

「鱚《きす》でございます（爆笑・拍手）。こちらは、お塩で……」（爆笑）

そんなの早く揚げてくれ（笑）。全部ご飯の上に載せて食べたいんだからっていうのに、

「こちら穴子でございます」（爆笑）

って、「よく落ち着いていられるな」と思いながらね。そんなところで食べ終わってね。

タクシー並ぼうと思って、タクシーの列に2時間並んだ。2時間並んでも来な

いので、今度は毛布の列。ウワァーッと凄い毛布の列があって、この毛布の列に並ぼうと言って、毛布の列に2人で並んで、1時間ぐらい並んでようやく、毛布と、あと乾パンみたいな何かちょっとした軽食みたいなのも手に入れて、さっきの第2ターミナルの、一番広いエスカレーターで上がってくるところの、こっち側の一番広いところの、「真ん中のほうが安全です」と言われたので、真ん中で、2人でもらった毛布を敷いたんです。そのときにマネージャーが、

「……師匠と一緒に居られて良かった。1人だったら、怖くて、怖くて……。師匠が居たから良かった。怖くなかったです。ありがとうございます」

「ああ、良かった。良かった」

で、2人でね、毛布敷いて、で、

「ああ、本当に師匠が居て良かったぁ」

って、言って。こんなちっちゃい半畳ぐらいの毛布ですよ。それを敷いて2人で寝ようとして、「お休みなさい」って言った途端、オレに背中向けて寝たんですよ(爆笑)。もう少し何か、「師匠が居て良かった」の余韻をね、別にぃ、恋人じゃないけれども(爆笑)、何か少しぐらいね、10秒ぐらい見つめ合って、そっから背中を向けてくれればいいのに(笑)。「良かったぁ」って言いながら、ゴロ

ンッて向こう向いたんで（爆笑）、ボクはしょうがなく、前へ倣えみたいに、両方がこっち側を向いて寝るというね。

「半ちゃん、どうしたんです？」

「あ〜、お花さん。いやぁ〜、毎晩、毎晩、将棋に誘われて、つい『もう一番、もう一番』って言って、遅くなっちゃって、締め出し食っちゃったんですよ」

『宮戸川』へ続く

常に今を発信している林家たい平のまくら

解説　十郎ザエモン

この数年間で世界は大きく激動した。新型コロナ、それに伴い東京オリンピックの1年延期と無観客、そしてロシアのウクライナ侵攻など、きりがないほどだ。『笑点』も激動した。歌丸師、円楽師の逝去。さらには大喜利メンバーの新加入ラッシュ。林家たい平の心も激動したことだろう。このまくら集を読むと世界と『笑点』とたい平の激動ぶりがダイレクトに伝わってくる。

たい平は常にまくらで今を発信し続けている。落語家は独自の哲学を持つべきであると僕はいつも思う。この落語家やあの落語家は、あの出来事をどう考えているのだろうと期待しながら高座に接するのだ。そして思いもよらない角度から切り込んだ意見が聴けたり、ギャグにして笑いに変えてくれたりすると楽しくなってしまう。それこそが落語本編を楽しむこととは別の快楽だ。たい平は世の中の理不尽な出来事をおしゃべりし、ギャグを織り交ぜ、笑いに変えてゆく。見事なものだ。

この数年間に起きたたい平にとっての事件は、林家あずみに次ぐ二番弟子として長男のさく平が入門したことだろう。弟子がいる状態とは、なかなか一般人が感じにくい体験である。最初の弟子であるあずみに対する接し方は手探りしながらだったのかもしれない。おそらく女性であることを勘案しつつも厳しかった可能性がある。それはたい平が大師匠三平宅に住み込みで修業した形を踏襲したものか。本文ではポロリと本音をもらしている。そして今度は思いもよらず息子が弟子に変わったのだ。周りの親子落語家をたくさん見てきた自分がその立場になるとは、という驚きや戸惑いを隠さずにまくらでおしゃべりしている。ただ近頃はようやく育成方針も見えてきたようだ。あずみは心を縮こまらせずのびのびと自らの芸を磨いており、来年は横浜にぎわい座で独演会を開く。さく平は寄席ではすでに立て前座として活躍し、令和7年5月には晴れて二ツ目昇進が決まったと聞いた。これも楽しみなことだろう。

『笑点』には3人の新しい顔ぶれが入った。桂宮治、春風亭一之輔、立川晴の輔だ。いずれもたい平より後輩である。回答者のセンターに座り、横のメンバー間とのバランスをとりながら後輩たちを気遣っている。『笑点』は問題に対してただうまい答えを言うだけの番組ではないのだ。チームとしての笑いのボールのやり取りが重要だ。いみじくも晴の輔がたい平に〝リーダー〟と渾名《あだな》をつけたが、まさに回答者の中のリーダーの役目を背負っている。チームで笑いを増幅すると笑いの量が増えることは当然である。これで番組もさらに面白くなっていくだろう。

最後に、たい平の落語も進化している。つい先ごろ聴いたたい平の『子別れ』は長い間僕が気になっていたこの演目の持つ小さなキズが見事に取り払われ、腑に落ちる仕上がりとなっていた。これがあるから楽しみなんだ。毎年恒例の『芝浜』の会も「28年目の芝浜」として今年も行われる。さて今年はどんな夫婦を見せてくれるのだろう。

十郎ザエモン　プロフィール

1952年　東京生まれ／1968年　都立日本橋高校　落語研究会所属／1976年　獨協大学卒業　レコード会社に入社／2000年　日本コロムビアにて落語CD制作を開始／2004年　ゴーラック合同会社設立

落語CD、書籍、番組のプロデュースを専門に現在に至る

林家たい平　特選まくら集　みんなの笑顔に会いたくて
2024年12月12日　初版第一刷発行

著者　林家たい平

構成・注釈・解説　十郎ザエモン
写真／加藤威史
　　　へいこ（P5、P76、P144）
構成協力／ゴーラック合同会社
カバーデザイン・組版／ニシヤマツヨシ
校閲校正／丸山真保

協力／オフィスビーワン
　　　横浜にぎわい座

編集人／加藤威史

発行所／株式会社竹書房
〒102-0075 東京都千代田区三番町8-1 三番町東急ビル6F
e-mail : info@takeshobo.co.jp
https://www.takeshobo.co.jp

印刷・製本／中央精版印刷株式会社